Einhorn Sommer

Von der Autorin sind außerdem unter anderem die »Sattel, Trense, Reiterglück«-Bände sowie die »Carlotta«-Internatsreihe bei Carlsen erschienen.

Dagmar Hoßfeld

Einhorn Sommer

CARLSEN

»Natürlich gibt es Einhörner.
Du musst sie nur finden.«

Prolog

Blasses Mondlicht sickerte zwischen den Stämmen der hoch aufragenden Bäume hindurch. Die dunkle Oberfläche des Sees glänzte wie flüssiges Metall. Kein Laut war zu hören, bis das Wasser mit einem Mal anfing sich zu bewegen und kleine Wellen gegen das Ufer schlugen.

Eine einzelne Wolke verdeckte den Vollmond, der groß und bleich über der Lichtung hing. Als die Wolke ganz allmählich weiterzog, begann der Boden des verwunschenen Waldes wie durch die Hand eines Zauberers silbern zu schimmern.

»Zafira«, lockte eine sanfte Stimme, die von überall und nirgendwo zu kommen schien. »Komm her und zeige dich!«

Alles blieb ruhig. Nur die Wellen schlugen etwas kräftiger an das Ufer und machten dabei ein gluckerndes Geräusch.

»Zafira«, schmeichelte die Stimme erneut. »Ich spüre deine Nähe. Komm heraus, meine Tochter. Ich weiß genau, dass du dich versteckst. Du weißt, dass ich es weiß. Also, komm bitte heraus!«

Der verführerische Tonfall war einem strengeren Klang gewichen. Kurz darauf knackte es im Unterholz. Ein dürrer Zweig zerbrach unter einem unvorsichtig aufgesetzten Huf.

»Endlich!« Die Stimme seufzte.

Die Schleierwolke, die den Mond noch immer halb verdeckte, zerriss in kleine Fetzen, die sich am Nachthimmel auflösten und nach und nach ganz verschwanden. Der Waldsee lag jetzt im vollen Glanz des Mondlichts.

Die Wasseroberfläche glitzerte. Die Bäume, die den See wie Wächter umstanden, flüsterten sich etwas zu und verneigten sich leicht, bevor sie den Atem anhielten und verstummten.

Am Ufer teilte sich das Gebüsch. Blüten rieselten wie Schnee lautlos auf den Waldboden herab und bildeten einen weichen Teppich.

»Ach, Zafira«, sagte die Stimme. »Ich hatte fast vergessen, wie schön du bist!«

Ein schneeweißes Pferd trat auf die Lichtung und schaute sich neugierig um. Seine Flanken bebten, als es den Kopf schüttelte und schnaubte. Die Mähne und der lange Schweif, der wie eine Schleppe bis auf den Boden reichte, schimmerten. Graziös setzte der Schimmel einen Huf vor den anderen, senkte die Nase und betrachtete sein eigenes Spiegelbild im See. Als er prustete, schlug ihm eine Welle gegen die Nüstern. Erschrocken sprang er einen Satz zurück und schnaubte noch einmal, wobei das silberne Horn auf seiner Stirn blaue Funken versprühte.

»Sei nicht so albern«, schimpfte die Stimme. »Benimm dich nicht wie ein Fohlen, das noch nie sein Spiegelbild im Wasser eines verzauberten Sees gesehen hat.«

Zafira nieste. Wieder sprühte das Horn Funken.

»Und hör gefälligst auf, mit deinem Horn anzugeben«, knurrte die Stimme. »Hier sieht dich sowieso niemand.«

Zafira machte einen Schritt vorwärts, dann noch einen und noch einen, bis sie schließlich in der Mitte des Sees stand und von dem klaren, eiskalten Nass umspült wurde. Sie zögerte, bis sie schließlich den

Kopf neigte und trank. Als sie wieder aufschaute, tropfte Wasser von ihrem Maul.

»Was willst du hier?«, fragte sie und schaute dabei verträumt in die Sterne. »Wieso hast du mich gerufen?«

»Ich glaube, du weißt genau, warum ich hier bin«, erwiderte die Stimme. »Ich bin gekommen, um mit dir zu reden.«

Wenn Einhörner die Stirn runzeln könnten, so hätte Zafira es getan, doch ihr Horn hinderte sie daran. Stattdessen trank sie noch einen Schluck des köstlichen Wassers und gurgelte fröhlich damit. Dann patschte sie mit den Hufen auf die Wasseroberfläche und drehte sich um sich selbst. Ihr Schweif breitete sich zu einem Fächer aus. Wieder stoben kleine Fünkchen aus dem Horn.

»Sie haben mich vergessen.« Zafiras Augen wurden traurig. »Einfach vergessen.«

Die Stimme räusperte sich, bevor sie sprach: »Nun ja, kleine Zafira …«

»Es ist wahr!« Zafira stampfte mit dem Vorderhuf auf. Das Wasser spritzte hoch. Die Funken, die aus dem Horn stoben, verfärbten sich violett.

»Aber –«, setzte die Stimme an.

»Kein Aber!«, schimpfte Zafira. »Sie haben mich vergessen, und deshalb bin ich hier. Von allen Einhörnern im Stich gelassen. Mutterstutenallein bin ich.« Mit langen Schritten durchpflügte sie den See. »Ich bin das letzte Einhorn!« Sie prustete wieder. Die Funken flogen. »Das vergessene Einhorn. Eines Tages wird man Bücher über mich schreiben, hörst du?«

Eine kurze Pause entstand, als Zafira die Uferböschung hinaufkletterte und sich schüttelte, um ihr Fell zu trocknen.

»Das mag ja sein, Zafiralein«, brummte die Stimme, um einen versöhnlichen Tonfall bemüht, »aber trotzdem sollten wir uns jetzt in Ruhe über die Möglichkeiten unterhalten, die uns bleiben, um dich doch noch in die Andere Welt zu bringen.«

»Zu den anderen Einhörnern«, sagte Zafira und schloss betrübt die Augen.

»Ganz genau«, bestätigte die Stimme sanft. »Zu den anderen Einhörnern, zu deinen Brüdern und Schwestern.«

»Die mich einfach hier zurückgelassen haben!« Zafira bäumte sich auf. Wäre sie nicht so wütend gewesen, dass ihre magischen Funken ein giftig grelles Gallegrün angenommen hätten, hätte sie womöglich sehr hübsch ausgesehen.

»Das war deine eigene Schuld«, entgegnete die Stimme polternd und plötzlich ohne jedes Mitgefühl. »Du warst wieder mal unpünktlich.«

»Aber nicht viel. Sie hätten ruhig auf mich warten können«, lautete die Antwort der jungen Stute.

»Du hattest dich im Wald versteckt«, sagte die Stimme.

»Sie hätten mich suchen können«, erwiderte Zafira trotzig.

Die Stimme seufzte resigniert.

»Wie dem auch sei«, fuhr sie fort. »Die Umstände haben es leider verhindert, dass du gemeinsam mit den anderen Einhörnern diese seltsame und gefährliche Menschenwelt verlassen konntest, um an den Anderen Ort zu reisen, wie es unsere Geschichte vorschreibt. Und deshalb haben wir jetzt ein Problem.«

Zafira knabberte gelangweilt an einem Blatt und spuckte es gleich wieder aus.

»Ja, ja, ich weiß«, brummelte sie. »Ich brauche jemanden, der mir hilft, das Richtige zu tun.«

»Stimmt«, bestätigte die Stimme. »Du bist auf dich allein gestellt, Zafira. Ich kann nur erscheinen, um dir den Ort und die Zeit zu weisen. Alles andere musst du selbst tun.«

»Aber wie denn?«, fragte Zafira verzweifelt. In ihren Augen sammelten sich plötzlich Tränen. »Ich möchte so gerne bei den anderen Einhörnern sein! Bei meinen Freunden …«

Ein sanfter Windhauch fuhr durch ihre Mähne. Zafira schloss die Augen und fing an zu weinen. Eine Träne kullerte über ihre Wange und fiel zu Boden. Doch noch ehe sie das weiche Moospolster berührte, hatte sie sich bereits in eine Perle verwandelt. Jede Einhornträne wird zu einer schimmernden Perle. Sie sind sehr selten und unglaublich kostbar.

»Spare deine Tränen«, sagte die Stimme mit einem Hauch von Mitgefühl.

»Dann sag mir jetzt, was ich tun muss«, bat Zafira, »und ich will es tun.«

»Finde einen Menschen mit goldenem Herzen«, sagte die Stimme. »Nur er kann dir helfen, zu uns zu gelangen.«

Zafira blinzelte.

»Aber wie erkenne ich ihn?«, fragte sie. »Wie kann ich herausfinden, dass er ein Herz aus Gold hat?«

»Wenn es so weit ist, wirst du es erkennen.« Die Stimme wurde leiser,

so als würde sie sich langsam entfernen. »Nur sehr wenige Menschen tragen goldene Herzen in sich. Nur sie können uns Einhörner sehen und verstehen. Ich muss nun gehen, Zafira.«

Wieder bäumte sich das junge Einhorn auf und schlug mit den Vorderhufen in die Luft. »Nein, bleib! Lass mich nicht allein!«

»Ich muss gehen«, beharrte die Stimme. »Die anderen warten auf mich.«

Frischer Wind fuhr fauchend zwischen den Bäumen hindurch. Die Oberfläche des magischen Sees kräuselte sich. Am Himmel leuchtete eine Sternschnuppe auf und verschwand.

»Adieu, meine Kleine.« Schon wurde die Stimme vom Wind davongetragen. »Wir sehen uns wieder!«

Und damit war Oberon, der Anführer der Einhörner, verschwunden.

»Nein!«, rief Zafira. »Bitte, Vater! Bleib bei mir!«

Als ein glühender Sternenschauer über dem Wald niederging und mit leisem Zischen im See versank, wusste sie, dass sie wieder allein war.

Traurig ließ sie den Kopf sinken und schloss die Augen.

Aus einem Augenwinkel des jungen Einhorns löste sich eine letzte Träne. Als wunderschöne Perle blieb sie am Ufer liegen und wurde nie gefunden.

»Kristin Brinkhorst, würdest du die große Güte besitzen und die Klimatabelle an die Tafel zeichnen, damit wir alle an deinen künstlerischen Fähigkeiten teilhaben können?« Oberstudienrat Dr. Weißflog warf einen prüfenden Blick über den Rand seiner Brille in Kristins Richtung und wartete auf eine Reaktion.

Kristin zuckte schuldbewusst zusammen, als sie ihren Namen hörte. Anstatt die verlangte Tabelle der klimatischen Bedingungen in der peruanischen Hochebene anzufertigen, hatte sie die vergangenen zehn Minuten der Stunde damit verbracht, Einhörner in ihre Kladde zu zeichnen.

Moment ... Einhörner? Kristin schüttelte verwirrt den Kopf. Wie kam sie ausgerechnet auf Einhörner?

Dr. Weißflog verließ seinen Platz an der Tafel, schritt durch die Klasse und blieb schräg hinter Kristins Stuhl stehen, wo er auf den Zehenspitzen auf und ab wippte. Kristin versuchte noch, ihre Zeichnungen zu verdecken, doch der Lehrer schob ihre Hand zur Seite und hob das Heft hoch.

Im Klassenzimmer herrschte angespannte Stille. Katinka Weselmann, Kristins beste Freundin und Banknachbarin, zog den Kopf ein und rückte ein Stück von Kristin ab, als hätte die plötzlich eine ansteckende Krankheit.

Auch Kristin versuchte sich möglichst klein zu machen, was ihr natürlich nicht gelang. Stattdessen senkte sie die Augen und starrte in Erwartung eines Donnerwetters auf die zerschrammte Tischoberfläche.

Dr. Weißflogs Wutausbrüche und sein Zynismus waren legendär und von allen gefürchtet, doch im Moment blätterte der Lehrer nur interessiert und scheinbar amüsiert in Kristins Heft. Er grunzte leise, fast wohlwollend.

»Schön, sehr schön«, sagte er, während er die Kladde vorsichtig zurücklegte. »Ich mag alte Legenden und Sagen. Du hast die überlieferten Darstellungen der Einhörner erstaunlich gut getroffen.«

Kristin glaubte, nicht richtig zu hören. Sie verschluckte sich und rang mühsam nach Luft.

»Nur leider bin ich nicht euer Kunstlehrer, sondern für Geografie und Geschichte zuständig«, fuhr Dr. Weißflog etwas strenger fort. »Du lieferst mir bis morgen die vollständig ausgefüllte und kolorierte Klimatabelle der Anden nach. Haben wir uns verstanden?«

»Wie? Ähm, ja, logo, Dr. Weißflog«, versicherte Kristin schnell.

Sie atmete erleichtert aus und wischte sich eine imaginäre Schweißperle von der Stirn.

Der Lehrer wandte sich um und fuhr mit dem Unterricht fort, als wäre nichts geschehen. Kristin schlug das Heft mit den Skizzen der winzigen, fröhlich galoppierenden Einhörner zu, ohne noch einen Blick darauf zu werfen.

»Das ist ja gerade noch mal gut gegangen«, meinte Katinka zwanzig Minuten später. Sie hüpfte neben Kristin die Treppe zum Pausenhof hinunter.

Kristin biss in ihren Apfel und nickte abwesend. Sie fühlte sich benommen, fast ein bisschen verwirrt. Nicht nur, weil Dr. Weißflog so unerwartet nett reagiert hatte, sondern auch weil sie, ohne es zu merken, diese albernen Einhörner gezeichnet hatte.

Im Nachhinein fühlte es sich fast so an, als hätte nicht sie die Zeichnungen angefertigt, sondern jemand anderes. Sie konnte sich nicht einmal daran erinnern, den Bleistift überhaupt in die Hand genommen zu haben. Wie sollte sie dann diese Skizzen gemacht haben? Noch dazu *perfekte* Skizzen von *perfekten* kleinen Einhörnern?

Sie zeichnete gerne und hatte sich schon oft an Pferden versucht, aber jedes Mal ziemlich schnell aufgegeben. Als Tiermalerin war sie komplett untalentiert.

Nachdenklich knabberte sie den Apfel bis auf sein Kerngehäuse ab und warf den Rest in einen Abfallkorb. Plötzlich bohrte Katinka ihr einen Ellbogen zwischen die Rippen.

»Oh, Mann ... Ich werd verrückt«, raunte sie aufgeregt. »Da ist der Neue! Guck bloß nicht hin. Er steht genau vor uns.«

»Was? Wer?« Kristin kam nicht dazu, weiterzusprechen, weil Katinka ihr in dieser Sekunde so schmerzhaft in den Arm kniff, dass sie empört aufschrie.

»Hast du sie noch alle?«, fuhr sie ihre Freundin an. »Wieso kneifst du mich?«

»Klar hab ich noch alle. Aber du anscheinend nicht. Bist du blind?«

Katinka hielt sich an Kristins Arm fest und guckte angestrengt in eine andere Richtung. »Der Neue, Tobias. Er steht da vorn.«

»Ja, und?« Kristin schaute sich verwirrt um. Ihr Blick fiel eher zufällig auf einen blonden Jungen und blieb an ihm hängen. Er hatte grüne Augen, bemerkte Kristin. Augen, die sie ansahen, freundlich taxierten und nicht mehr losließen. Kristin hatte noch nie so grüne Augen gesehen. Sie erinnerten sie an eine Meerglasscherbe, die sie mal an einem Strand gefunden und kurz darauf wieder verloren hatte. Sie wollte den Blick abwenden, aber es gelang ihr nicht. Der Junge guckte sie über die Köpfe seiner Freunde hinweg an. Er rieb sich das Kinn, als würde er über etwas nachdenken – vielleicht, ob er sie kannte und wenn ja, woher. Dann lächelte er. Es war ein sehr charmantes, grünäugiges Lächeln. Kristin erwiderte es automatisch.

Katinka kniff sie schon wieder. »Kennst du den irgendwoher?«

Kristin schüttelte wortlos den Kopf.

»Hallo! Erde an Brinkhorst! Ist da jemand?« Katinka fuchtelte mit einer Hand vor ihrem Gesicht herum.

»Was? Ja, ich bin hier.« Das Klingeln der Pausenglocke riss Kristin aus ihrer Starre. »Wo soll ich denn sonst sein?«

»Was weiß ich. Auf Wolke 7 vielleicht. Irgendwie bist du heute ganz schön verpeilt.« Katinka grinste.

Kristin grinste belustigt zurück. »Keine Ahnung, wovon du sprichst.«

»Ist ja auch egal«, meinte Katinka. »Aber der Neue ist voll süß, oder? Er heißt Tobias Möller.« Sie stupste Kristin vielsagend an.

»Von mir aus«, sagte Kristin achselzuckend. Sie schüttelte den Kopf und ließ sich von Katinka mitziehen. Als sie einen Blick über die Schulter warf, war der Junge mit den grünen Augen verschwunden.

Am Nachmittag nahm Kristin wie üblich den Linienbus zum Reitstall. Sie trug eine alte Jeans, die an den Knien und am Hintern geflickt war, und dazu kurze Reitstiefel. In dem Stoffbeutel, der über ihrer Schulter hing, lagen ein paar knochenharte Brötchen, drei Äpfel und eine Handvoll schrumpelige Möhren, die ihre Mutter vorhin aus der Gemüsekiste aussortiert hatte.

Als der Bus anfuhr, wankte Kristin durch den Gang und ließ sich auf den ersten freien Platz fallen. Sie schaute aus dem Fenster.

Ein kleiner Junge auf dem Platz gegenüber rümpfte die Nase. »Pöh, du stinkst!«

Kristin zog die Augenbrauen hoch. »Falls du mich meinst«, sagte sie, »muss ich dich leider enttäuschen. Ich stinke nicht. Wenn überhaupt, dann dufte ich höchstens, und zwar nach Pferden. Pferde stinken nicht.«

Die Mutter des Jungen lächelte verlegen. »Das Mädchen geht bestimmt zum Reiten«, raunte sie ihrem Sohn zu. »Dann riecht man so.«

Kristin schaute wieder hinaus und schüttelte den Kopf. Dass sie heute nicht zum Reiten, sondern nur zur Stallarbeit fuhr, ging schließlich niemanden etwas an. Schon gar nicht diesen frechen Knirps.

Zwei Haltestellen später musste sie aussteigen. Sie sprang aus dem Bus, kaum dass die Türen sich öffneten, und schlug einen schmalen Weg zwischen hübschen kleinen Einfamilienhäusern ein, die alle gleich aussahen.

In einem Garten bellte ein Hund und verfolgte sie auf seiner Seite des Zauns, bis es nicht mehr weiterging. Kristin winkte ihm zu und bog ab. Als ihr Blick auf das verwitterte Schild mit der Aufschrift »REITERHOF LINDENBURG, 500 m rechts« fiel, beschleunigte sie ihre Schritte. Wie oft war sie diesen Weg wohl schon gegangen? Zu jeder Jahreszeit, bei Wind und Wetter, Sonne, Regen, Hagel und Schnee.

Sie freute sich schon auf die Pferde. Und auch auf Nicole, der der Hof gehörte und die es Kristin ermöglichte, sich mit Stallarbeit ein bisschen extra Geld für die Reitstunden hinzuzuverdienen. Seit der Scheidung ihrer Eltern war Geld ein Reizthema in Kristins Familie. Ihr Vater zahlte zwar Unterhalt für sie und ihre Mutter hatte eine Halbtagsstelle angenommen, aber trotzdem war »am Ende des Geldes immer viel zu viel Monat übrig«, wie Kristins Mutter oft – halb lachend, halb weinend – feststellte.

Zwei Reitstunden pro Monat, mehr war nicht drin. Für alles, was darüber hinausging, war Kristin selbst verantwortlich.

Summend folgte sie dem gewundenen Sandweg, der an einem Waldstück entlangführte. Alle paar Meter baumelten rostige Blechschilder zwischen den Bäumen, die das Betreten des Waldes verboten. Aber diese Schilder hingen schon so lange hier, dass Kristin einfach nicht glauben konnte, dass die Hinweise wirklich ernst gemeint waren. Noch nie hatte sie jemanden im oder am Wald gesehen, der die Einhaltung des Verbots kontrolliert hätte. Und außerdem kannte sie ganz in der Nähe eine verborgene Stelle, an der wilde Walderdbeeren wuchsen, denen sie – Verbot hin, Verbot her – einfach nicht widerstehen konnte.

Genau nach ein paar dieser leckeren Erdbeeren stand ihr jetzt der Sinn. Sie schlug sich durch dichtes Gestrüpp, schob einen tief hängenden Zweig zur Seite und fand sich in einem Waldstück wieder, das sie immer wieder aufs Neue überraschte.

Wie eine andere Welt wirkte der verwilderte Wald hier auf sie. Still, verwunschen und verzaubert.

Kristin war es gewohnt, in Wäldern auf Spaziergänger mit Hunden zu treffen, auf Jogger, Radfahrer und Kinder, lautes Vogelgezwitscher zu hören oder vielleicht das Tock-Tock eines Spechts. Ganz normale Waldgeräusche eben.

Hier gab es nichts davon. Die Schilder erfüllten ihren Zweck und hielten Spaziergänger fern. Alle Geräusche schienen verschluckt zu werden.

Nach jedem Sturm lagen umgestürzte Bäume herum, die niemals weggeräumt wurden, sodass die ohnehin schon schmalen Trampelpfade langsam, aber sicher zuwuchsen. Der Wald wurde von Jahr zu Jahr undurchdringlicher.

Kristin war das nur recht. So blieb ihr verborgenes Erdbeerversteck wenigstens unentdeckt. Als sie jetzt allerdings die Blätter des dichten Gebüschs mit den ungewöhnlichen malvenfarbenen Blüten anhob, hinter dem die wilden Beeren wuchsen, wurde sie enttäuscht. Die Pflanzen waren kahl gepflückt. Nicht eine einzige Beere hing mehr daran.

»So ein Mist!«, brummte Kristin.

Sie betrachtete den Waldboden ringsherum aufmerksam. Blätter und Farnstängel waren niedergedrückt. Jemand hatte ihren Geheimplatz aufgespürt und ihr die reifen Beeren vor der Nase weggefuttert. Kristin hatte den Verdacht, dass es ein Tier gewesen war. An den Beerenstrünken waren Bissspuren zu sehen, als hätte jemand – oder etwas – daran geknabbert. Hätte ein Mensch die Erdbeeren gepflückt, hätte es anders ausgesehen, sauberer. Außerdem hätte es in dem Fall Fußabdrücke geben müssen.

Als Kristin sich wieder aufrichtete, fiel ihr Blick auf den kreisrunden See, der hinter hohen Bäumen verborgen lag. Seine Oberfläche glitzerte und glänzte verführerisch. Zu gern wäre Kristin noch geblieben, um sich an das Ufer zu setzen. Es war ein herrlicher Platz, um allein zu sein, die Seerosen zu betrachten und ein bisschen zu träumen. Doch ein Blick auf ihr Handy ließ sie zusammenzucken. Wenn sie sich jetzt nicht beeilte, würde sie zu spät kommen, und Unpünktlichkeit mochte Nicole überhaupt nicht.

»Vielleicht nächstes Mal«, sagte sie bedauernd zu dem See und zu sich selbst. Dann machte sie sich endgültig auf den Weg zum Reiterhof.

»Dich schickt mal wieder der Himmel!«, rief Nicole ihr schon von Weitem zu. »Gut, dass du da bist!«

Die Stallbesitzerin kam ihr mit langen Schritten entgegen. »Was willst du lieber übernehmen: Chico und Mandarin von der Weide holen oder Pacino für den Voltigierunterricht vorbereiten?«

»Ich kann auch beides machen«, bot Kristin an. Sie war ein bisschen erstaunt über die Begrüßung. »Was ist denn los? Brennt es irgendwo?«

Nicole pustete eine widerspenstige Haarsträhne beiseite und verzog den Mund. »Ja, das kann man so sagen. Der Tierschutzverein hat heute früh ein Findelkind bei mir abgeliefert, das den ganzen Stall aufwirbelt.«

Kristin grinste. »Was ist es denn diesmal? Esel? Kampfhund? Ein Minischwein?«

Nicoles Reiterhof war eine Auffangstelle des Tierheims. Wenn im Heim kein Platz mehr war oder das herrenlose Tier zu groß oder zu exotisch, wurde Nicole alarmiert. Sie war im Vorstand des Tierschutzvereins und hatte ein riesengroßes Herz für Tiere. Im Notfall nahm sie jedes Tier bei sich auf. Mancher Vierbeiner, der keinen neuen Besitzer fand, durfte auch für immer bleiben.

»Du wirst lachen«, sagte Nicole. »Es ist ein Pferd. Eine hübsche kleine Schimmelstute.«

»Oh, cool! Wo steht sie? Kann ich sie mir gleich anschauen? Und wieso wirbelt sie alles durcheinander?«

»Sie steht bei Chico und Mandarin auf der Koppel hinter dem Haus. Deshalb sollst du die beiden auch gleich reinholen. Der kleine Teufel ärgert die Ponys ohne Ende.«

»Die beiden Dicken kann man doch gar nicht ärgern!« Kristin lachte. »Die haben doch das Gemüt von Kuscheltieren!«

»Ja, das dachte ich auch. Aber das Schimmelmädchen piesackt sie in einer Tour und jagt sie kreuz und quer über die Weide. Ich wette, heute Abend wiegen die Ponys ein paar Pfunde weniger.«

Nicole drehte sich um und ging voraus. Kristin folgte ihr mit klopfendem Herzen.

Ein neues Pferd? Wie spannend!

Neugierig spähte sie um die Ecke. »Warum hast du den Schimmel denn nicht in den Stall gestellt?«

»Ich hab's versucht, aber es hat leider nicht geklappt. Die Kleine hat sich mit allen vier Hufen dagegen gesträubt.«

»Vielleicht wurde sie schlecht behandelt oder ist nicht an Menschen gewöhnt. Weißt du, woher sie kommt? Warum hat man den Tierschutzverein eingeschaltet?«

»Die Polizei hat sie hier in der Nähe in einem Garten aufgegriffen«, erklärte Nicole. »Sie hat über Nacht sämtliche Erdbeerbeete geplündert und anschließend die Gärten verwüstet. Ich bin froh, dass die Anwohner so klug waren, die Polizei anzurufen, und die Stute nicht einfach verjagt haben. Stell dir vor, sie wäre auf die Bundesstraße gelaufen. Nicht auszudenken!«

Kristin nickte nachdenklich. »Und keiner weiß, wem sie gehört?«

»Nein, bisher nicht. Die Polizei forscht natürlich nach, ob irgendwo ein Pferd vermisst wird.« Nicole reichte Kristin zwei Führstricke und öffnete das Koppeltor. »Irgendwohin muss das Tier ja gehören. Pferde fallen schließlich nicht einfach so vom Himmel. Schnappst du dir Chico und Mandarin? Ich mache inzwischen Pacino fertig. In zehn Minuten kommt die Voltigiergruppe. Ich weiß gar nicht, wo mir der Kopf steht. Dieses merkwürdige Pferd bringt mich ganz durcheinander. Hoffentlich meldet sich der Besitzer bald.«

»Wahrscheinlich hat es einfach nur Panik«, meinte Kristin. »Wer weiß, wie lange es schon unterwegs ist und was es alles durchgemacht hat. Ich werde mich später mal darum kümmern. Vielleicht kann ich es ein bisschen beruhigen.«

»Hauptsache, du bist vorsichtig.« Nicole winkte ihr zu und stapfte zum Stall zurück.

Kristin blieb am Gatter stehen und schaute ihr hinterher. Dann drehte sie sich um und stieß einen kurzen Pfiff aus. Chico und Mandarin, zwei braun-weiß gescheckte Shetlandponys, hoben gleichzeitig ihre Köpfe und kamen angetrabt. Kristin lobte die beiden und klinkte schnell die Führleinen in ihre Halfter. Anschließend hob sie den Blick. Wo steckte der Schimmel? Wieso kam er nicht auch?

Sie stellte sich auf die Zehenspitzen und kniff die Augen leicht zusammen.

Da! Ganz am Ende der Koppel stand ein schmales, schneeweißes Pferd. Es spitzte die Ohren und schaute aufmerksam in ihre Richtung. Ein Windhauch fuhr durch die ungewöhnlich lange Mähne und den Schweif. Es war ein wunderschöner Anblick.

Plötzlich stampfte das fremde Pferd mit einem Vorderhuf auf und warf sich herum. Es bäumte sich kurz auf und preschte dann mit kurzen Sprüngen einen Hügel hinauf. Oben blieb es stehen und hielt die Nüstern in den Wind, als würde es versuchen, Kristins Witterung aufzunehmen.

»Was für eine Schönheit!« In Kristins Stimme schwang Bewunderung mit. Sie schob das Gatter auf und führte die Shettys hindurch. Plötzlich hatte sie es eilig. Sie wollte die beiden nur schnell in den Stall bringen, sie kurz überputzen und die paar Boxen ausmisten, die Nicole ihr zugeteilt hatte. Und dann musste sie sich diese geheimnisvolle kleine Stute unbedingt mal aus der Nähe ansehen!

Zafira, die vergessene Einhornstute, schüttelte ihre Mähne und trabte schnaubend hin und her. Sie konnte es einfach nicht fassen. Man hatte sie tatsächlich eingefangen. Wie ein ganz gewöhnliches Pferd eingefangen und eingesperrt. Und das nur, weil im Wald keine Erdbeeren mehr zu finden waren. Die Früchte in der Menschensiedlung hatten so gut geduftet, dass sie sie einfach haben musste. Und jetzt? Ein Einhorn in Menschenhand!

Zafira konnte gar nicht mehr aufhören, sich zu schütteln. Von Menschen gefangen … Das durfte nicht sein!

Zuerst hatte sie noch gehofft, dass einer der Zweibeiner vielleicht der mit dem goldenen Herzen gewesen wäre, von dem ihr Vater gesprochen hatte. Ein besonderer Mensch, der sie erkennen und ihr helfen würde. Aber sie hatte sich geirrt. Die Menschen, die sie hierhergebracht hatten, hatten laute Stimmen gehabt, aber keine goldenen Herzen. Sie hatten nicht begriffen, dass sie etwas Außergewöhnliches vor sich hatten. Ein echtes Einhorn!

Die blonde Frau hier auf dem Hof war allerdings wirklich nett. Im ersten Augenblick hatte Zafira gedacht, dass sie die Auserwählte wäre, doch dann hatte sie sie auch nur wie ein gewöhnliches Pferd behandelt. Sie hatte sogar versucht, sie in einen Stall zu sperren!

Brrr, machte Zafira entrüstet und schwenkte ihr Horn. Die Funken stoben in allen Regenbogenfarben. Schade, dass sie als Einzige diese spektakuläre Funkenpracht bewundern konnte. Für Menschenwesen waren Einhornfunken unsichtbar. Und nicht nur das: Gewöhnliche Menschen konnten nicht einmal das Horn sehen – obwohl es doch an dieser ganz und gar auffälligen Stelle mitten zwischen den Augen auf der Stirn wuchs! Wie konnte es Wesen geben, die das übersahen?

»Ach, diese dummen, überforderten Menschen, die nicht an Wunder, Magie und Fabelwesen glauben! Wie soll mich jemals einer von denen erkennen?«

Zafira schnaubte. Das Einzige, was an diesem unerfreulichen Aufenthalt auf dem Reiterhof wenigstens ein bisschen Spaß brachte, war das Ärgern dieser beiden kugelrunden Ponys. Ponys und Pferde konnten Einhörner nämlich ohne Weiteres erkennen. Alle Tiere konnten das. Sie sahen das Horn und behandelten Einhörner mit gebotenem Respekt und Hochachtung.

Die zwei Ponys hatten es allerdings eindeutig an Respekt fehlen lassen. Entweder hatten sie noch nie ein echtes Einhorn gesehen, was durchaus möglich war, oder sie waren einfach nur schlecht erzogene Flegelponys, die keine Manieren hatten. Zafira tippte auf das Letztere.

Es hatte ihr großes Vergnügen bereitet, die beiden mit dem Horn zu piksen und durch die Gegend zu scheuchen. Die spektakulären Funken, die sie dabei produziert hatte, hatten die Shettys fast in den

Wahnsinn getrieben. Es hätte nicht viel gefehlt und sie wären durch den Zaun gekrabbelt. Aber dann war plötzlich dieses Menschenmädchen aufgetaucht und hatte die Ponys in Sicherheit gebracht. Zu schade …

Zafira neigte den Kopf und schloss verträumt die Augen. Das Mädchen hatte sie lange angesehen. Und in diesem Blick hatte Bewunderung gelegen oder zumindest Interesse.

Hatte das junge Mädchen vielleicht etwas von der Magie gespürt, die seit Zafiras Erscheinen über dem Hof lag?

Hatte der hauchzarte, kaum sichtbare Funke, den Zafira zu ihr geschickt hatte, ihr Herz berührt?

Und war dieses Herz vielleicht aus Gold?

Zafiras kleines Einhorngemüt wurde traurig und schwer. Sie spürte, wie sich eine Träne aus ihrem Augenwinkel löste. Noch bevor sie den Boden berührte, wurde wieder eine Perle daraus. Sie kullerte ins Gras und blieb wie ein glitzernder Tautropfen dort liegen. Dabei hatte ihr Vater doch gesagt, sie sollte ihre kostbaren Tränen sparen.

»Aber wozu?«, fragte Zafira leise. »Ich bin in der Menschenwelt gefangen. Ich bin verloren.«

Mit hängendem Kopf ging sie zum entlegensten Ende der Koppel. Möglichst weit weg von den Menschen, von ihren Häusern und ihren Gerüchen. Dort, in einer flachen Senke, ließ sie sich nieder. Ihr Horn wurde schwer. Sie war müde und traurig. Und schrecklich allein.

Als Kristin mit der Stallarbeit fertig war, warf sie einen Blick in die Reithalle, wo Pacino gleichmäßig und ruhig im Kreis galoppierte. Nicole führte die Longe locker mit einer Hand, in der anderen hielt sie eine lange Peitsche.

Pacino trug einen breiten Voltigiergurt, an dem die Zügel ausgebunden waren. Seine Bewegungen waren locker und elegant. Dass eine Gruppe von zehn kleinen Mädchen und Jungen in Turnzeug abwechselnd Kunststücke auf seinem Rücken vollführte, schien ihn nicht zu stören. Er wirkte vollkommen entspannt und machte ein zufriedenes Gesicht, während er sich bemühte, seine Galoppsprünge den Turnflöhen anzupassen, die an seiner Seite hingen.

Normalerweise sah Kristin gern beim Voltigieren zu, aber heute fehlte ihr die Ruhe. Sie wollte unbedingt herausfinden, was es mit der herrenlosen Stute auf sich hatte. Etwas Geheimnisvolles umgab dieses Pferd, das spürte Kristin. »Pferde fallen nicht einfach so vom Himmel«, hatte Nicole vorhin gesagt.

»Wer weiß?«, murmelte Kristin halblaut.

Sie gab Nicole ein Zeichen, dass sie eine kurze Pause machte, und verließ die Halle.

Draußen wurde sie vom hellen Sonnenlicht geblendet und kniff die Augen zusammen. Winzige Lichtblitze schossen hinter ihren Lidern hin und her. Ihr wurde schwindelig.

»Hey! Alles okay mit dir?« Eine kräftige Hand hielt sie am Arm fest. Kristin machte sich los, riss die Augen auf und starrte Tobias an. Der Junge aus der Schule. Wo kam der denn plötzlich her?

»Geht's dir gut?«, erkundigte er sich besorgt. »Du bist ein bisschen blass um die Nase.«

»Was machst du hier?«, entgegnete Kristin verwirrt. »Ja, mir geht's prima. Danke.«

Sie spürte, dass sie rot wurde.

»Mir geht es wirklich gut«, versicherte sie noch einmal. Es klang ziemlich patzig, das merkte sie selbst.

Tobias ließ sich nichts anmerken. Er lächelte.

»Dann bin ich ja beruhigt. Sorry, ich wollte dich nicht erschrecken.«

»Keine Sorge, das hast du nicht.« Kristin musterte ihn leicht spöttisch. »Kann ich dir irgendwie behilflich sein? Willst du Reitstunden nehmen oder dich zum Voltigieren anmelden?«

»Ich? Was? Nein! Ich wohne da drüben.« Tobias zeigte in eine unbestimmte Richtung. »Wir sind erst vor ein paar Tagen hergezogen, mein Dad und ich. Ich wollte mir nur mal die Gegend ansehen. Und du? Wohnst du hier auf dem Hof?«

Der forschende Blick aus seinen grünen Augen brachte Kristin kurz aus dem Konzept.

»Ähm, nein. Ich wohne in der Stadt. Ich helfe hier bloß ein bisschen bei den Pferden, im Stall und so.« Kristin guckte angestrengt auf ihre Fußspitzen, als hätte sie dort etwas Interessantes entdeckt.

»Klingt super«, meinte Tobias. Er lächelte immer noch. »Ich geh dann mal wieder. Ciao, bis dann!«

»Ja, äh ... Tschüss.« Kristin hob eine Hand. »Bis irgendwann.«

Tobias kickte einen Kieselstein zur Seite und schlenderte, die

Hände tief in den Taschen seiner ausgeblichenen Jeans vergraben, quer über den Hof.

Kristin schaute ihm hinterher und bemerkte, dass die Jeans hinten am Oberschenkel einen Riss hatte. Sie konnte den Saum einer karierten Boxershorts sehen und unterdrückte ein Prusten, indem sie sich schnell die Hand auf den Mund presste.

Tobias schien nichts bemerkt zu haben. Er drehte sich noch einmal um und stieß einen Pfiff aus. Ein struppiger Hund sprang aus der Hecke und folgte ihm.

Kristin wartete noch, bis der Junge und sein Hund aus ihrem Blickfeld verschwunden waren, dann drehte sie sich ebenfalls um und machte sich auf den Weg zu der weißen Stute.

Sie fand sie in der sonnigen Senke am Rand der Koppel. Die Stute lag auf der Seite und schlief. Ihr Brustkorb hob und senkte sich gleichmäßig mit jedem Atemzug.

Kristin nutzte die günstige Gelegenheit, um sich das Pferd in Ruhe anzuschauen. Sie bewunderte die weich fließende Mähne und den seidigen Schweif. Es hingen zwar unzählige Kletten, Blätter und Tannennadeln darin, doch dagegen ließ sich etwas unternehmen. Am liebsten hätte sie sich sofort einen Kamm und einen Striegel geschnappt und mit der Arbeit angefangen, aber sie wollte die Stute nicht wecken, und die Putzkiste stand im Stall. Sie würde sie später holen.

Als ihr Blick weiter über den Pferdekörper wanderte, fiel ihr auf, dass das Fell nicht glatt, sondern leicht gekräuselt war. Es war wirklich nur aus der Nähe zu erkennen, dass das ganze Fell des Schimmels aus vielen kleinen, weichen Locken und Wirbeln bestand. Kristin widerstand dem Impuls, ihre Hand auszustrecken und über das gelockte Fell zu streichen. Stattdessen setzte sie sich vorsichtig hin, machte mit der Handykamera ein paar Fotos und sah dem Pferd beim Schlafen zu.

Mitten auf der Stirn der Stute, halb verborgen von der Mähne, bemerkte sie dabei noch etwas Seltsames: eine runde, kahle Stelle. Vielleicht eine alte Verletzung?

»Du bist trotzdem wunderschön«, flüsterte Kristin. Sie fühlte sich plötzlich müde, blinzelte gähnend in die Sonne und streckte sich in dem warmen, duftenden Gras lang aus. Kaum lag sie neben dem Pferd, war sie auch schon eingeschlafen.

Warmer Atem, der ihr sanft ins Gesicht blies, und das Kitzeln von Tasthaaren ließen Kristin hochschrecken. Sie wusste nicht, wie lange sie geschlafen hatte. Bestimmt war sie nur ganz kurz eingenickt. Verwirrt riss sie die Augen auf und blickte direkt in ein freundliches Pferdegesicht.

»Na, so was!« Kristin setzte sich vorsichtig auf. Die Stute stand mit gesenktem Kopf vor ihr und musterte sie neugierig.

»Hast du ausgeschlafen?«, fragte Kristin belustigt.

Als Zafira ihre Stimme hörte, machte sie vor Schreck einen kleinen Hüpfer, blieb aber gleich wieder stehen und schnaubte unsicher.

Kristin streckte eine Hand aus und ließ sie daran schnuppern. »Komm ruhig näher. Ich tu dir nichts.«

Zafira machte den Hals lang. Dann setzte sie in Zeitlupentempo einen Huf vor den anderen, bis sie mit ihren Lippen Kristins Hand berühren konnte. Zögernd schnoberte sie daran und fuhr mit der Zunge über die Haut. Es kitzelte. Kristin musste sich sehr zusammenreißen, um nicht zu lachen.

»Du bist ja eine Süße«, raunte sie und strich leicht über die samtene Nase der Stute.

Zafira, die außer am Morgen bei ihrer Gefangennahme noch nie von einer Menschenhand berührt worden war, zuckte zusammen. Ihre Ohren spielten nervös. Sie fühlte sich hin- und hergerissen. Eigentlich wollte sie am liebsten ihrem Instinkt folgen, weglaufen und sich verstecken. Andererseits war dieses Menschenmädchen viel zu interessant. Es hatte eine angenehme Stimme und roch gut. Außerdem hatte es warme Augen vom tiefen Braun einer Haselnuss. Ob es ein goldenes Herz hatte? Zafira legte den Kopf schräg und schlug nachdenklich mit dem Schweif.

Kristin zog ihre Hand zurück.

»Bleib ganz ruhig, hörst du? Ich will dich nicht erschrecken.« Vorsichtig richtete sie sich auf, ohne dabei den Blick von der Schimmelstute zu nehmen.

Der Gesichtsausdruck des Pferdes war so lustig, dass Kristin grinsen musste. Es sah fast so aus, als wollte die Stute die Stirn runzeln. Als sie endlich aufrecht stand, atmete sie auf. Ihr linker Fuß war eingeschlafen und kribbelte wie verrückt, aber sie achtete nicht darauf. Es war viel zu aufregend, dem fremden Pferd Auge in Auge gegenüberzustehen. Aufregend und schön.

»Ich wüsste so gern, wo du herkommst! Schade, dass du nicht sprechen kannst. Du hättest bestimmt eine Menge zu erzählen.«

Worauf du dich verlassen kannst, Menschenjunges, dachte Zafira. Sie kicherte leise und für Kristin unhörbar. *Ich könnte dir tausend Dinge erzählen! Von fliegenden Pferden, von Oberon, unserem Vater und mächtigen Anführer, von meinen sanftmütigen Brüdern und Schwestern …*

Sie seufzte. Die plötzliche Erinnerung an ihre Geschwister, die so weit fort in der Anderen Welt waren, war einfach zu schmerzhaft. Zafira spürte Tränen in ihren Augen aufsteigen und senkte schnell den Kopf, um an einem Büschel Klee zu knabbern.

»Kristin!«, ertönte plötzlich Nicoles Stimme.

Kristin drehte sich um. Die Reitlehrerin stand am Gatter und winkte. Kristin warf einen Blick auf ihr Handydisplay. Sie staunte, wie schnell die Zeit vergangen war. Über eine Stunde war sie bei der kleinen Stute gewesen. Dabei wartete im Stall noch jede Menge Arbeit auf sie!

»Ich komme schon!«, rief sie und winkte zurück.

Sie betrachtete die Stute und spürte mit einem Mal einen unerklärlichen Hauch von Traurigkeit in ihrem Herzen.

»Woher kommst du, meine Kleine?«, flüsterte sie.

Zafira hob den Kopf und erwiderte ihren Blick.

Kristin wagte es: Sie streckte die Hand aus und berührte das lockige Fell. Als sie sanft darüberstrich, lief durch Zafiras Körper ein kaum merkliches Zittern. Aber sie blieb stehen und hielt still. Fast so, als würde sie die Berührung genießen.

»Bis morgen«, sagte Kristin lächelnd. »Pass gut auf dich auf!«

Sie lief auf den Zaun zu, wo Nicole auf sie wartete. Als sie durch das Gatter geschlüpft war, warf sie einen Blick zurück. Die Schimmelstute stand noch genauso da. Mit hoch erhobenem Kopf und wachen Augen schien sie Kristin aufmerksam zu mustern.

»Sei so lieb und bring Tintoretto gleich in die Schwemme«, bat Nicole. »Ich reite mit den Fortgeschrittenen aus. Wir wollen das schöne Wetter ausnutzen.«

Tintoretto? Kristins Herz machte einen Freudensprung. Der Rappe war ihr absoluter Liebling. Ein vier Jahre altes, gerade angerittenes Temperamentsbündel aus Portugal.

»Klar, mach ich gern«, antwortete sie grinsend. »Sind die Voltis schon weg?«

Nicole nickte zerstreut. »Ja, zum Glück. Sie waren heute nicht richtig bei der Sache. Sandra ist sogar dreimal runtergefallen. Dabei ist sie sonst immer die Beste.« Nicole zuckte mit den Achseln. »Vielleicht lag's an mir, vielleicht am Wetter. Heute ist ein seltsamer Tag.«

»Soll ich dann nicht lieber den Ausritt begleiten?«, fragte Kristin.

»Nein, lass mal. Die frische Luft wird mir guttun. Aber danke für das Angebot.« Nicole verschwand in Richtung Stall. Über die Schulter fragte sie noch: »Und was sagst du zu unserem Findelkind?«

»Süß!«, rief Kristin zurück. »Ich finde die Kleine sehr süß. Ich hoffe, ihr Besitzer meldet sich nicht und wir können sie behalten!«

Nicole stöhnte mit gespielter Verzweiflung auf.

»Ich hab's geahnt, dass sie dir gefällt. Du scheinst eine Vorliebe für vierbeinige Problemkinder zu haben. Viel Spaß mit Tinto. Und pass auf, dass er dir nicht wieder auf die Zehen tritt wie beim letzten Mal!«

Kristin schnappte sich im Vorbeigehen ein Halfter vom Haken und lachte.

Tintoretto stand in seinem Paddock etwas abseits vom Hoftrubel. Als er Kristin kommen sah, warf er den Kopf hoch und wieherte schrill.

»Hey, du Angeber!«, rief Kristin ihm zu.

Tintoretto bäumte sich halb auf und warf sich auf der Hinterhand herum. Er trabte ein paar Schritte, dann blieb er stehen, wieherte noch einmal und scharrte mit einem Vorderhuf im Sand.

Kristin kannte das schon. Es war das Imponiergehabe eines jungen Hengstes, der ihr mit seinem Verhalten zu verstehen geben wollte, dass er der Boss war und sie sich ihm unterzuordnen hatte. Aber Kristin hatte von Nicole gelernt, sich davon nicht beeindrucken zu lassen.

Man darf einem Hengst gegenüber niemals einen Anflug von Schwäche zeigen, fuhr es ihr durch den Kopf, als sie die Schönheit und das Temperament des Rappens bewunderte. Als sie eine Hand ausstreckte und leicht mit der Zunge schnalzte, bog Tintoretto seinen Hals und schnaubte. Seine Ohren spielten aufmerksam. Mal legte er sie an, dann drehte er sie wieder nach vorn. Mit den Kiefern machte er Kaubewegungen. Ein Zeichen, dass er sich beruhigt hatte und jetzt neugierig war. Kristin versuchte, ihn anzulocken.

»Hey, Tinto! Komm her, Dicker!«

Nach kurzem Zögern kam der Rappe zu ihr an den Zaun und ließ sich unter der Stirnmähne kraulen, die ihm bis über die Augen reichte. Kristin schob ihm ein Leckerli zwischen die Zähne und öffnete mit der anderen Hand das Gatter. Tinto drängte sofort dagegen, aber Kristin passte gut auf. Mit einer einzigen geschmeidigen Bewegung zog sie ihm blitzschnell das Halfter über den Kopf und klinkte die Führleine ein. Anschließend ordnete sie die Mähne und zupfte ein paar Kletten aus dem Schweif. Aus der Tasche ihrer Jeans zog sie einen Hufkratzer und machte nacheinander alle vier Hufe sauber. Der Rappe stand vollkommen still wie ein Denkmal. Zufrieden klopfte Kristin seine Schulter und lobte ihn.

»Guter Junge. Zur Belohnung darfst du jetzt plantschen.«

Sie bemerkte nicht, dass Zafira sie die ganze Zeit über beobachtete. Die Einhornstute war auf eine Anhöhe gestiegen, von der aus sie den Hof und das umliegende Gelände überblicken konnte. Mit gespitzten Ohren fing sie jedes Geräusch, jedes gesprochene Wort auf. Als Kristin Tintoretto aus seinem Paddock holte und zu der Schwemme im Schatten der Reithalle führte, verschwanden das Mädchen und das Pferd aus Zafiras Blickfeld. Sie wandte sich gelangweilt ab und widmete sich einem saftigen Butterblumenbüschel. Butterblumen waren eine Köstlichkeit. Nicht ganz so lecker wie frische Walderdbeeren, aber ziemlich nah dran. Mit kräftigem Rupfen pflückte Zafira Blüte um Blüte ab und zerkaute sie.

Kristin führte inzwischen Tintoretto am langen Zügel in das klare Wasser der Pferdeschwemme. Sie schlüpfte aus ihren Stiefeletten und den Socken, krempelte die Jeans hoch und watete an der Seite des Rappen hinein.

»Boah, ist das kalt!«, stöhnte sie auf.

Die Schwemme wurde von einer Quelle gespeist, die ihren Ursprung in dem runden Waldsee hatte. Ihr Wasser war so sauber, dass man es trinken konnte. Nicole scherzte oft, dass sie es nachts heimlich in Flaschen abfüllte und als Mineralwasser verkaufte, um die Futterrechnungen zu bezahlen.

Tintoretto schien die Kälte nichts auszumachen. Ohne zu zögern, ging er ins Wasser, senkte das Maul und trank. Dann hob er den Kopf, ließ noch einmal sein kräftiges Wiehern hören und patschte mit dem Vorderhuf auf die Wasseroberfläche. Kristin sprang schnell zur Seite.

»Hey, lass das!«, schimpfte sie.

Bevor sich Tinto hinlegen und im flachen Wasser wälzen konnte, zog Kristin am Zügel und lenkte ihn in den tieferen Teil der Schwemme, während sie selbst im Flachen blieb. Das Wasser reichte Tinto nun bis an die Brust. Er musste sich anstrengen, um es zu durchpflügen.

Kristin warf einen Blick auf ihr Handy und stoppte die Zeit. Zwanzig Minuten ließ sie Tinto hin und her waten, bis er von sich aus ans Ufer kam und sich vom Kopf bis zum Schweif kräftig schüttelte.

Dieses Mal war Kristin nicht schnell genug. Sie bekam eine volle

Ladung Spritzwasser ab, aber sie lachte nur darüber. Die Luft war immer noch warm. Bis sie im Bus nach Hause saß, waren ihre Sachen garantiert wieder trocken.

»Na, komm, du Frechdachs.« Sie strich Tintoretto über die Nase. »Für heute reicht's.«

Sie brachte ihn in seinen Paddock, wo er, kaum dass Kristin ihm das Halfter abgenommen hatte, in die Knie ging und sich im Staub wälzte. Kristin warf einen Armvoll Heu in die Raufe und prüfte noch die Selbsttränke. Immer wieder schaute sie auf die Uhr. Wenn sie den nächsten Bus erwischen wollte, musste sie sich beeilen. Lindenburg lag in einem Tal, das von den öffentlichen Verkehrsmitteln nur sporadisch angefahren wurde. Wenn sie den Bus verpasste, musste sie fast drei Stunden auf den nächsten warten.

»Ausgeschlossen«, murmelte sie vor sich hin. Zu Hause wartete ein Riesenberg unerledigter Hausaufgaben auf sie.

Sie hängte Tintos Halfter zurück und hinterließ an der Pinnwand in der Sattelkammer einen kurzen Gruß für Nicole. Dann spurtete sie im Laufschritt vom Hof.

Am Horizont ballten sich dunkelgraue Wolken. In der Ferne grummelte es. Es sah nach Regen aus.

Kristin joggte schneller und erreichte in letzter Minute den Bus. Schnaufend ließ sie sich auf einen freien Platz fallen. Als sie aus dem Fenster schaute, fielen die ersten Tropfen auf den Asphalt. Perfektes Timing!

In der folgenden Nacht fegte ein ungewöhnlich heftiger Gewittersturm über das kleine Tal hinweg. Ein schwerer Donnerschlag krachte. Kristin schreckte aus dem Tiefschlaf. Mit klopfendem Herzen saß sie in ihrem Bett und wartete auf den nächsten Einschlag, der nicht lange auf sich warten ließ.

Es donnerte und blitzte fast gleichzeitig, während Hagelschauer auf das schräge Dach über Kristins Kopf trommelten und stürmischer Wind um die Hausecken pfiff, der die Fensterläden zum Klappern brachte.

In schwärzester Dunkelheit, die nur von grellen Blitzen durchbrochen wurde, tastete Kristin blind nach dem Schalter der Nachttischlampe. Als sie ihn endlich fand und drückte, passierte – nichts. Alles blieb dunkel.

»Stromausfall. Mist«, fluchte sie und ließ sich wieder zurückfallen.

Wie spät es wohl war? Der Radiowecker war nicht mehr als ein schwarzer Schatten, die Armbanduhr daneben hatte keine Leuchtziffern, und das Handy lag weit weg auf dem Schreibtisch. Echt super ...

Sie hatte das Gefühl, nur kurz geschlafen zu haben. Eine Stunde vielleicht, höchstens zwei. Mit angehaltenem Atem lag sie in der Finsternis ihres Zimmers, zog sich die Bettdecke bis unters Kinn und lauschte auf das Gewitter. Ihre Gedanken wanderten zu den Pferden und Ponys auf dem Hof. Hoffentlich waren alle in Sicherheit. Tinto hatte immer schreckliche Angst vor Sturm und Gewitter. Ob Nicole es geschafft hatte, ihn rechtzeitig in den Stall zu bringen?

Kristin versuchte, sich selbst zu beruhigen, aber es gelang ihr nur mäßig.

Aufstöhnend zog sie sich die Decke über den Kopf. Sie musste unbedingt noch ein paar Stunden schlafen. Morgen stand eine wichtige Physikklausur an.

Plötzlich riss sie sich die Decke vom Gesicht und richtete sich ruckartig auf. Die Schimmelstute! Die kleine Stute stand ganz allein auf der Nordweide, ohne Schutz und ohne Unterstand! Nicole hatte gesagt, dass sie sich nicht in den Stall bringen ließ. Also stand sie noch draußen!

Kristin war schlagartig hellwach. Mit aufgerissenen Augen starrte sie in die Schwärze, die sie umhüllte, und zählte die Abstände zwischen Blitz und Donner. Sie waren kurz. Das Gewitter musste genau über dem Tal liegen. Genau über dem Reiterhof!

Zur gleichen Zeit preschte Zafira mit wilden Sprüngen über die viel zu kleine Weide. Sie buckelte, prustete und jagte hin und her, nur aufgehalten durch den Lattenzaun, der die Koppel umgab und an dem sie immer wieder scharf abbremsen musste, nur um gleich darauf noch schneller zu galoppieren.

Aus den Augen des Einhorns sprühte pure Lebensfreude. Zafiras Mähne und ihr langer Schweif flatterten im Sturm. Ihre Hufe schienen kaum den Boden zu berühren. Der Regen hatte ihr Fell reingewaschen. Bei jedem Blitz, der die Dunkelheit durchbrach, leuchtete es blendend weiß auf.

Nicole hatte jeden Gedanken an Schlaf verdrängt und hielt Wache. Sie stand hinter einem Fenster in der Sattelkammer und beobachtete die Schimmelstute. Sie hatte die Pferde und Ponys alle in den Stall geholt. Warm und trocken standen sie in ihren Boxen und waren in Sicherheit. Nur das merkwürdige kleine Pferd war ihr wieder entwischt. Schließlich hatte sie es zähneknirschend draußen lassen müssen.

Allerdings schienen das Gewitter und das laute Tosen des Sturms der Stute überhaupt nichts auszumachen. Im Gegenteil, sie schien sich über das Unwetter zu freuen!

»Was für ein verrücktes Pferd!« Nicole schüttelte den Kopf. Die kleine Stute schien die entfesselten Elemente zu einem Wettrennen herauszufordern.

»Brich dir nicht die Beine.« Nicole gähnte, bevor sie einen Schluck Kaffee aus einem dampfenden Becher trank. Sie war allein auf dem Hof. An Schlaf war nicht zu denken. Da half nur starker Kaffee, um wach zu bleiben und regelmäßig nach den Pferden zu schauen.

»Wenigstens bin ich nicht die Einzige, die sich die Nacht um die Ohren schlägt«, murmelte sie, während sie weiterhin fasziniert Zafiras unbändiger Jagd zusah.

Zafira fühlte sich so lebendig wie schon lange nicht mehr. Im Grollen des Donners schlug ihr Herz hart und schnell. Sie spürte den Hufschlag ihrer Brüder und Schwestern in der Anderen Welt hoch über den Wolken. In jedem Blitz sah sie das Funkeln ihrer magischen Hörner.

Es war eine Nacht ganz nach Zafiras Geschmack. Wild, entfesselt und vom alten Zauber der Einhörner durchdrungen.

Als Blitz und Donner gleichzeitig über ihr krachten, wieherte Zafira vor Begeisterung auf. Jedes junge Einhorn lernte schon früh, dass Gewitter entstanden, wenn eine Herde Einhörner über die goldenen Wiesen der Anderen Welt galoppierte. Was die Menschen als bedrohliches Grollen wahrnahmen, war nichts anderes als das Donnern unzähliger Einhornhufe. Und die Blitze waren nichts weiter als Zauberfunken aus den Hörnern der Einhörner, die diese aus purem Übermut versprühten.

Es war eine magische Nacht. Zafira dachte nicht daran, sie mit Schlafen oder Stillstehen zu verdösen. Nein, sie musste laufen, rennen, fliegen …

Je schneller sie lief, umso mehr hatte sie das Gefühl, tatsächlich zu fliegen. Sie wusste, dass sie an die Erde gebunden war, aber der wilde Lauf gab ihr eine Ahnung davon, wie es war, Seite an Seite mit den anderen Einhörnern zu galoppieren, so wie es ihre Bestimmung war.

Noch einmal wieherte sie laut. In der Ferne glaubte sie, eine Antwort zu hören. Das ferne Echo eines Einhorns in der Anderen Welt.

»Was für eine Nacht!«, stöhnte Kristins Mutter am nächsten Morgen beim Frühstück. »Ich hab kein Auge zugekriegt.«

»Ich auch nicht.« Kristin knabberte verschlafen an einer Toastscheibe und unterdrückte ein Gähnen. »Ich hab keinen Schimmer, wie ich die Klausur heute überleben soll.«

Sie stand auf und warf sich den Rucksack über die Schulter. Mit einem Küsschen verabschiedete sie sich von ihrer Mutter. »Es hat aufgehört zu regnen. Ich fahr mit dem Rad zur Schule. Damit komm ich später besser in den Stall als mit dem Bus. Okay?«

Ihre Mutter nickte. »Alles klar. Aber komm nicht zu spät nach Hause.«

Nach dem heftigen Gewitter roch die Luft erdig und klar, wie frisch gewaschen. Auf den Straßen und Wegen lagen Äste und Zweige herum, die der Sturm in der vergangenen Nacht abgerissen hatte. Kristin musste Slalom fahren, um ihnen auszuweichen. Als sie endlich in die Hauptstraße einbog, in der das Alte Gymnasium lag, sah sie schon von Weitem, dass etwas nicht stimmte.

Vor der Schule stand ein Einsatzwagen der Feuerwehr. Die Haupteingangstür war verschlossen. Auf der Treppe davor hatte sich eine Schüleransammlung gebildet. Gruppen von Mädchen und Jungen standen beieinander. Einige diskutierten, andere lachten. Ein paar jüngere Schüler spielten mit einem Pappbecher Fußball.

»Was ist denn hier los?«, fragte Kristin einen von ihnen. »Ist was passiert?«

Der Junge grinste breit. »Kann man so sagen. Ein Blitz hat die alte Eiche auf dem Pausenhof gefällt. Der Baum ist ins Dach gekracht. Es hat die ganze Nacht reingeregnet. Jetzt wird gerade beraten, ob wir heute Unterricht haben oder nicht.«

»Die Feuerwehr will die Schule komplett absperren«, mischte sich ein anderer aufgeregt ein. »Die sagen, es ist viel zu gefährlich, falls einem von uns ein Dachziegel auf den Kopf knallt.«

Kristin bedankte sich bei den Jungs. Dann schob sie ihr Fahrrad weiter und versuchte, in dem Gedränge vor dem Eingang Katinka ausfindig zu machen.

Sie fand sie etwas abseits auf einem Mäuerchen sitzend. Katinka war so damit beschäftigt, auf ihrem Smartphone herumzuwischen, dass sie kaum aufschaute, als Kristin ihr auf die Schulter tippte.

»Was für eine abartige Nacht«, seufzte Katinka abwesend und bedeutete Kristin, sich neben sie zu setzen.

»Lass mich raten«, erwiderte Kristin grinsend. »Du hast kein Auge zugetan. Stimmt's?«

Katinka schaute kurz auf und nickte verwirrt, dann widmete sie sich wieder ihrem Text.

Kristin schaute sich um. Sie ertappte sich dabei, dass sie nach jemandem Ausschau hielt. Nach jemand ganz Bestimmtem.

»Du hast nicht zufällig Tobias irgendwo gesehen?«, erkundigte sie sich so beiläufig wie möglich.

»Wen?«, fragte Katinka zurück.

»Ach, vergiss es.« Kristin winkte ab.

In diesem Moment trat der Direktor vor die Tür und klatschte in die Hände, um sich Gehör zu verschaffen.

Von ihrem Platz aus verstand Kristin zwar kein Wort, aber als einige Mitschüler anfingen zu johlen und zu pfeifen, wusste sie Bescheid: Die Schule fiel heute aus!

»Yeah, wie cool. Dann kann ich ja wieder ins Bett gehen.« Katinka schob ihr Handy in die Tasche und gähnte. »Warum bin ich eigentlich aufgestanden?«

»Frag mich nicht«, antwortete Kristin. »Freu dich einfach über den geschenkten Tag und die Tatsache, dass die Klausur ausfällt. Ich bin dann mal weg. Tschüss!« Sie klopfte ihrer Freundin mit der Hand auf die Schulter und bahnte sich einen Weg durch das Gedränge. Im Vorbeigehen konnte sie noch hören, wie der Direktor sagte: »Ich gehe davon aus, dass die Feuerwehr die schlimmsten Schäden im Laufe des Tages beseitigt und schon morgen der Unterricht wieder wie gewohnt stattfinden kann.«

Kristin schwang sich zufrieden in den Fahrradsattel und rollte kurz darauf vom Schulhof.

Nur wenig später fuhr sie schon aus der Stadt heraus und tauchte in die ländliche Umgebung ein. Auch hier hatte der Gewittersturm eine Schneise der Verwüstung geschlagen. Kristin sah entwurzelte Bäume, abgedeckte Dächer und sogar ein umgestürztes Bushäuschen. Trotzdem freute sie sich diebisch.

Ein ganzer freier Tag!, dachte sie glücklich. Nur ich und die Pferde und –

»Tobias!« Sie machte vor Schreck eine Vollbremsung und rutschte mit blockiertem Hinterrad ein Stück über den nassen Kies. Als sie zum Stehen kam, traute sie ihren Augen kaum, aber an der Abzweigung zum Feldweg nach Lindenburg lehnte tatsächlich Tobias lässig am Zaun. Er grinste, als hätte er auf sie gewartet.

»Ich wusste, dass du kommst«, sagte er statt einer Begrüßung. Seine Augen funkelten amüsiert. Wie am Vortag hatte er die zerrissene Jeans an.

Offenbar sein Lieblingsstück, vermutete Kristin und grinste ebenfalls. Neben ihm saß sein zotteliger Hund und musterte sie mit freundlicher Aufmerksamkeit.

»Kannst du hellsehen?«, fragte Kristin und schob ihr Rad auf Tobias zu.

Der Hund stand auf und wedelte mit dem Schwanz. Tobias streichelte ihn mit einer Hand.

»Klar. Das ist eine meiner leichtesten Übungen. Als ich heute früh aufgewacht bin, wusste ich zum Beispiel sofort, dass die Schule ausfällt.«

»Dann hast du also in deiner frisch polierten Kristallkugel gesehen, dass letzte Nacht ein Blitz in die Schule eingeschlagen hat?«, fragte Kristin belustigt.

Tobias zwinkerte ihr zu. »Jepp. Allerdings hat der Blitz nicht in die Schule eingeschlagen, sondern in den Baum dahinter.« Er beugte sich leicht vor. »Und deshalb bin ich gar nicht erst aufgestanden. Und du so?«

Kristin war verwirrt. »Ich? Natürlich bin ich aufgestanden. Ähm, ich meine, ich –«

Sie brach ab. Tobias schaute sie an, dann lachte er leise. »Nein, ich wollte nicht wissen, ob du aufgestanden bist«, erklärte er. »Mich interessiert, was du mit dem freien Tag vorhast. Was du *jetzt* vorhast.«

»Ich bin auf dem Weg zu den Pferden.« Kristin drehte sich halb um. Tobias stieß sich vom Zaun ab.

»Was dagegen, wenn ich dich ein Stück begleite?«, fragte er.

»Wenn's dir nicht zu langweilig wird«, erwiderte Kristin achselzuckend.

Schweigend folgten sie dem Weg am Waldrand entlang. Kristin schob ihr Rad so, dass es zwischen ihr und Tobias rollte. Der Hund stromerte voraus und verfolgte eine interessante Fährte.

Auch hier am Wald lagen überall abgebrochene Zweige. Ein halb entwurzelter Baum ragte schräg in den Weg.

Hoffentlich ist im Stall alles okay, dachte Kristin beunruhigt.

»Keine Sorge, die Pferde haben die Nacht gut überstanden«, sagte Tobias.

Kristin blieb stehen und starrte ihn an. »Wie kommst du darauf, dass ich mir Sorgen um die Pferde mache?«

»Das konnte ich problemlos an deinem Gesicht ablesen – und zwar ohne hellsehen zu können«, erwiderte Tobias. »Du hast die Stirn gerunzelt und total besorgt geguckt.«

Kristin schüttelte den Kopf und ging weiter. Kurz darauf kam schon der Reiterhof in Sicht. Als Kristin gerade überlegte, wie sie Tobias am elegantesten loswerden könnte, sagte der: »Hab einen netten Tag!«

»Ähm, ja, du auch«, sagte Kristin. »Danke.«

Sie beugte sich zur Seite, um Tobias' Hund zum Abschied zu kraulen. Tobias lächelte, als er es sah.

»Ciao«, sagte er dann und stiefelte vergnügt davon.

Kristin blieb stehen und schaute ihm und seinem Hund hinterher.

Zafira trat auf der Anhöhe ihrer Koppel von einem Huf auf den anderen und wieherte sehnsüchtig. Ihr war sterbenslangweilig. Sie fühlte sich einsam und allein. Nicht mal ein Pferd war da, das sie ärgern und mit dem sie um die Wette laufen konnte. Alle Pferde und Ponys standen im Stall.

Wie die Schoßhündchen, dachte Zafira und schnaubte verächtlich. Pferde sind freie und stolze Tiere! Sie sollten nicht eingesperrt sein. Schon gar nicht wegen eines harmlosen Gewitters.

Sie wendete auf der Hinterhand und galoppierte los. Sie hatte endgültig genug von der Nähe der Menschen, von der Gefangenschaft und den Zäunen, die sie festhalten sollten. Sie wollte frei sein und so schnell galoppieren, dass ihre Hufe den Boden nicht mehr berührten. Fliegen wollte sie! Wild, frei und ungebunden, so wie es sich für ein wahres Einhorn gehörte!

In halsbrecherischem Tempo jagte sie auf den Weidezaun zu. Nicole, die in der offenen Stalltür stand und zufällig einen Blick hinüberwarf, hielt erschrocken den Atem an.

Kurz vor dem Zaun spannte Zafira ihre Muskeln an. Ihre Mähne schimmerte, als wäre sie aus geschmolzenem Silber. Ihre schwarzen Augen glühten wie Kohlen. Mit einem zornigen Wiehern, das fast wie ein Aufschrei klang, überwand sie die Absperrung und verschwand im Wald.

Das Letzte, was Nicole von der Einhornstute sah, war ihr langer weißer Schweif.

Zafira brach seitwärts durch ein Unterholz. Wenig später hatte der Wald sie verschluckt.

»Na, super ...«, murmelte Nicole ärgerlich. »Das hat mir jetzt gerade noch gefehlt!«

Kristin wollte ihr Rad gerade um den umgekippten Baum herumschieben, als hinter ihr Zweige brachen und kurz darauf lautes Schnauben zu hören war. Erschrocken fuhr sie herum und traute zum zweiten Mal an diesem Morgen ihren Augen nicht.

Ein weißes Pferd stürmte geradewegs auf sie zu. Und das auf einem Feldweg, der eindeutig zu schmal war für ein Mädchen, ein Fahrrad und ein durchgehendes Pferd!

»Himmel!«, entfuhr es ihr.

Geistesgegenwärtig stieß sie ihr Rad ins Gebüsch und riss beide Hände hoch.

»Hoo!«, rief sie laut. »Gaanz ruhig!«

Sie sah nicht zum ersten Mal ein durchgehendes Pferd.

Denn dass das Pferd, das da ungebremst auf sie zupreschte, durchging, war ihr sofort klar. Kristin sah die eng angelegten Ohren, die panisch aufgerissenen Augen, die weit geblähten Nüstern.

Doch zum ersten Mal sah sie ein Pferd, das nicht nur blind vorwärtsstürmte, sondern regelrecht flog!

Die Hufe des Schimmels schienen den Boden nicht zu berühren. Statt Hufgetrappel war ein schwirrendes Geräusch zu hören.

»Das gibt's doch gar nicht!«, ächzte sie, bevor sie sich mit einem gewagten Sprung in Sicherheit brachte und unsanft neben ihrem Rad in einem Gewirr aus Brombeerranken und Brennnesseln landete.

Nur einen Sekundenbruchteil später schoss der Schimmel vorbei, ohne sein mörderisches Tempo zu verringern.

Kristin blieb kurz sitzen, bevor sie sich mühsam hochrappelte und die schmerzenden Körperteile rieb. An beiden Armen hatte sie Kratzer und kleine rote Punkte, die bereits anfingen zu jucken.

»Shit!«, fluchte sie, während sie einen Stachel aus der Haut zog und Spucke auf den Quaddeln verrieb. »Das darf doch nicht wahr sein!«

Sie ballte eine Hand zur Faust und fuchtelte damit herum.

»Hey, du Pferd! Man rennt nicht einfach harmlose Spaziergänger über den Haufen!«, rief sie. »Komm gefälligst zurück und entschuldige dich!«

Keuchend und fluchend mühte sie sich damit ab, das Rad von den Ranken zu befreien und ihren Schulrucksack aus den Brennnesseln zu ziehen, als sie hinter sich ein dunkles Schnauben vernahm. Kristin verharrte in gebückter Haltung und runzelte die Stirn.

Fang ich an zu spinnen? Bin ich gerade auf den Kopf gefallen?, überlegte sie.

Nein, Moment ... Da war es schon wieder! Ein leises Schnauben. Wie von einem Pferd. Und zwar von einem Pferd, das genau hinter ihr stehen musste. Es hörte sich so nah an, dass Kristin fast meinte, den Atem des Tieres in ihrem Rücken zu spüren.

In Zeitlupentempo und immer noch halb gebückt drehte sie sich um und stolperte vor Schreck gleich wieder rückwärts in die Brombeeren.

»Du?!«, sagte sie zu der jungen Stute, die vor ihr stand und sie aus runden Augen freundlich, interessiert und auch ein bisschen frech musterte.

Zafira senkte den Kopf und prustete. Dann nickte sie und knabberte geziert an einer unreifen Brombeere.

»Lass das lieber«, sagte Kristin. »Davon kriegst du eine Kolik.«

Um die Stute nicht zu erschrecken, blieb sie sitzen, wo sie war, und streckte einfach nur die flache Hand aus. Zafira machte den Hals lang und schnupperte daran. Es kitzelte.

»Meinst du, ich darf aufstehen, ohne dass du gleich wieder wegläufst?«, fragte Kristin. »Es ist nicht besonders bequem hier unten.«

Zu ihrem Erstaunen trat die Schimmelstute einen Schritt zurück und machte Platz, als hätte sie sie genau verstanden.

»Du bist ein seltsames kleines Pferd«, murmelte Kristin, als sie auf dem Weg stand, Blätter und Grashalme abschüttelte und einige neu hinzugekommene Blessuren begutachtete. »Wie bist du entwischt? Nicole passt doch immer so gut auf, dass alle Gatter fest verschlossen sind!«

Wieder streckte sie eine Hand aus und strich der Stute leicht über die Nase. Zafira ließ es sich gefallen. Sie spürte, dass von dem Mädchen keine Gefahr ausging.

»Am besten bring ich dich sofort zum Stall zurück«, meinte Kristin. »Wenn ich nur einen Strick oder so was Ähnliches hätte. Dann könnte ich ein Halfter knüpfen.«

Sie schaute sich um und überlegte, was sich als Führleine eignen könnte. Vielleicht ein Riemen ihres Rucksacks?

Zafira stand neben ihr. Sie starrte in den Wald hinein und schien ebenfalls nachzudenken. Jedenfalls hatte sie einen so konzentrierten Gesichtsausdruck, dass Kristin lachen musste, als sie es bemerkte.

»Weißt du was, wir verzichten auf das Halfter und gehen erst mal was trinken«, schlug sie vor. »Du bist bestimmt durstig, und ich könnte auch einen Schluck Wasser vertragen. Das Rad und den Rucksack holen wir später. Kommst du?«

Sie machte einen Schritt und wartete kurz ab, ob Zafira ihr folgte. Dann stapfte sie langsam voraus. Als sie einen Blick über die Schulter warf, war sie nicht überrascht, dass die kleine Stute bereitwillig hinter ihr herbummelte. Sie kannte das von Chico und Mandarin, die sich manchmal wie kleine Hunde benahmen und hinter ihr herliefen. Sogar Tintoretto ließ sich hin und wieder dazu herab, Kristin als sein Leittier zu akzeptieren. Dass die Schimmelstute sich ihr jetzt anschloss, war ganz einfach damit zu erklären, dass Pferde nicht gern allein waren und dem angeborenen Herdentrieb folgten. Trotzdem klopfte Kristin das Herz bis zum Hals, und sie schaute sich immer wieder vorsichtig um, ob die Stute ihr auch wirklich folgte.

Ja, stellte sie fest. Die Kleine war ihr dicht auf den Fersen, hielt den

Kopf leicht gesenkt und die Ohren gespitzt. Ab und zu schnappte sie nach einer Blume oder rupfte einen Grashalm aus.

Genau wie am Vortag spürte Kristin auch jetzt etwas Besonderes, etwas Unerklärliches. Wie eine Art Geheimnis, das die fremde Stute umgab. Irgendetwas berührte Kristin tief in ihrem Inneren, ohne dass sie eine Erklärung dafür hatte. Als sie weiter in den Wald gingen, wurde das Gefühl noch intensiver. Obwohl es warm und windstill war, bekam sie eine Gänsehaut.

Wie von einer unsichtbaren Schnur angezogen, folgten das Mädchen und das Einhorn dem Pfad, der zum See führte. Der Waldboden dämpfte das Geräusch ihrer Tritte. Alles war ruhig. Kein Laut, kein Vogelgezwitscher war zu hören. Kristin kam sich vor, als hätten sie eine andere Welt betreten.

Du bist in einer anderen Welt, Menschenmädchen. Dies ist der verwunschene Wald. Er ist der Übergang zur Anderen Welt.

In Kristins Ohren summte es. Ein verwunschener Wald? Der Übergang zu einer anderen Welt?

Sie blieb stehen und schüttelte den Kopf. Ja, sie brauchte wirklich etwas zu trinken. Sie fing schon an, Stimmen zu hören!

»Vielleicht bin ich vorhin auf den Kopf gefallen«, murmelte sie vor sich hin, »und hab eine Gehirnerschütterung.«

Blödsinn! Du bist auf deinem Hintern gelandet, ich hab's genau gesehen. Davon bekommt man keine Gehirnerschütterung.

Ein glockenhelles Kichern ertönte in Kristins linkem Ohr. Kurz darauf stupste etwas sie an. Es war die Stute. Sie stand neben ihr und rieb die Stirn an ihrer Hüfte.

Zafira schnurrte wie ein Kätzchen.

Ah, das tut gut! Du hast ja keine Ahnung, wie sehr so ein Einhorn juckt, wenn es wächst!

»Es wächst?«, wiederholte Kristin. »Was wächst?«

Sie wandte sich um. Woher kam diese seltsame Stimme? Sie klang so nah, als ob –

Kristins Blick fiel auf Zafira.

»Nein, ausgeschlossen. Das ist unmöglich«, sagte sie schroff und schüttelte den Kopf, während sie weiterging.

Der See schimmerte durch das Grün. Zafira machte zwei kurze Galoppsprünge, um mit Kristin Schritt zu halten. Kristin starrte vor sich auf den Waldboden.

»Wenn es keine Gehirnerschütterung ist, dann vielleicht eine Brennnesselallergie. Oder eine Kombination aus beidem. Ich muss was trinken. Und zwar schnell.«

Wie wär's vorher mit ein paar frischen Walderdbeeren? Ach, übrigens: Ich heiße Zafira.

»Oh ja, Erdbeeren wären lecker.« Kristin verlangsamte ihre Schritte und blieb schließlich stehen. Irgendetwas stimmte hier nicht. Sie zählte bis drei und drehte sich um.

Der Weg hinter ihr war leer – bis auf die Stute, die ebenfalls stehen geblieben war und sie zutraulich beäugte. Kristin strich mit ausgestreckten Fingern über das gelockte Fell. Sie spürte ein leichtes Zittern.

»Hab keine Angst, Zafira«, sagte sie. »Ich pass auf dich auf.«

Ich weiß, Menschenmädchen. Und jetzt, wo du endlich meinen Na-

men ausgesprochen hast, lass uns weitergehen. Zuerst zu den Erdbeeren, dann zum See.

Während Kristin fieberhaft überlegte, wieso der Name Zafira so vertraut für sie klang, übernahm die Stute die Führung und bahnte eine Schneise durch das Dickicht.

»Zafira, Zafira«, brummte Kristin vor sich hin. »Das ist ein hübscher Name.«

Es überraschte sie nicht, dass Zafira sie direkt zu der geheimen Stelle führte, an der die wilden Erdbeeren wuchsen.

»Du warst das!«, rief Kristin. »Du hast die Beeren geklaut!«

Zafira unterdrückte den Impuls, zu widersprechen. Schließlich hatte sie die Erdbeeren nicht geklaut, sondern gepflückt und verspeist. Das war ein himmelgroßer Unterschied, denn Walderdbeeren gehörten zu den wichtigsten Grundnahrungsmitteln der Einhörner. Aber woher sollte ein dummes Menschenkind das wissen?

Zafira beschloss zu schweigen. Das Mädchen war auch so schon verwirrt genug. Sollte es ruhig glauben, sie, Zafira, hätte die Beeren gestohlen.

Sie senkte die Nase und schnoberte zwischen den Sträuchern herum. Seit ihrem letzten Besuch waren tatsächlich noch ein paar Beeren reif geworden. Zafira trat höflich zur Seite, um Kristin den Vortritt zu lassen. Die bückte sich und pflückte die kleinen roten Früchte. Es waren nicht sehr viele, aber sie teilte sie gerecht zwischen sich und dem Schimmel auf.

Obwohl – fraßen Pferde überhaupt Erdbeeren?

Dieses ja, stellte Kristin fest. Es schien regelrecht verrückt danach zu sein!

Nachdem sie gemeinschaftlich die wenigen Beeren verschlungen hatten, die der Strauch hergab, gingen sie zum See. Zafira trat an das Ufer und trank.

Frische Erdbeeren und eiskaltes Wasser?, dachte Kristin bei sich. Wenn das mal gut geht!

Sie verdrängte den Gedanken an üble Koliken und Magenverstimmungen und stillte ihren Durst an der Seite des Pferdes. Das Wasser war frisch und klar. Sie schöpfte es mit der hohlen Hand und trank, bis sie genug hatte. Dann richtete sie sich auf.

»Ich glaub, wir sollten langsam zurückgehen«, meinte sie. »Sonst schickt Nicole einen Suchtrupp los, um dich einzufangen.«

Zafira schüttelte sich entsetzt. Ein Suchtrupp? Was für eine schreckliche Vorstellung!

»Guck mal, wen ich mitbringe!«, rief Kristin, als sie eine Viertelstunde später mit Zafira auf den Hof marschierte.

Nicole fiel fast die Mistforke aus der Hand. »Wo hast du die denn aufgegabelt?«

»Sie ist mir geradewegs in die Arme galoppiert«, antwortete Kristin grinsend. Sie tätschelte Zafiras Schulter. »Sie ist so lieb! Wir haben Erdbeeren gepflückt und waren am See. Und dann ist sie mir bis hierher gefolgt wie ein Hündchen. Ganz ohne Halfter. Cool, was?«

»Ich bin schwer beeindruckt«, sagte Nicole und kam näher.

»Ich wollte schon die Polizei anrufen und die Stute als vermisst melden. Geht's dir gut? Du wirkst ein bisschen aufgedreht. Wieso bist du überhaupt hier und nicht in der Schule?«

»Mir geht es super!« Kristin konnte gar nicht mehr aufhören zu grinsen. »Die Schule ist heute wegen des Sturms ausgefallen.«

»Na, dann«, meinte Nicole. »Bringst du die Stute zurück auf die Koppel? Ich hoffe, sie hat sich ordentlich ausgetobt und gibt jetzt Ruhe.«

»Kein Problem.« Kristin schnalzte mit der Zunge. Zafira folgte ihr.

»Unglaublich«, murmelte Nicole.

»Warum ist sie eigentlich abgehauen?«, fragte Kristin über die Schulter.

»Keine Ahnung«, erwiderte Nicole. »Ich glaub, ihr war einfach langweilig.«

Nachdem Kristin das Gatter hinter Zafira geschlossen und sich von ihr verabschiedet hatte, half sie Nicole bei der Stallarbeit. Sie striegelte Tintorettos Fell, bis es glänzte. Nicole schaute zu und zupfte eine winzige Klette aus dem Pferdeschweif.

»Hast du schon was vom Tierschutzverein gehört?«, fragte Kristin beiläufig. Ihr Herz klopfte. »Haben sie schon eine Spur, wem Zafira gehören könnte?«

»Zafira nennst du die Kleine? Schöner Name, passt zu ihr«, meinte Nicole. Sie schüttelte den Kopf. »Weder der Tierschutz noch die Polizei haben sich bei mir gemeldet. Sie wollten mich anrufen, sobald jemand einen Schimmel als vermisst oder gestohlen meldet. Ich hab heute früh mal ein bisschen im Internet recherchiert. Es gibt da eine internationale Suchseite. Aber auch da ist kein Pferd eingetragen, dessen Beschreibung auf unser Findelkind passen würde.«

Kristin atmete erleichtert auf.

»Vielleicht ist sie ja doch vom Himmel gefallen. Was meinst du?«, raunte sie Tintoretto zu. »Ob es kleine weiße Pferde gibt, die einfach vom Himmel auf die Erde fallen? Könnte sein, oder?«

Tintoretto scharrte mit dem Huf und prustete. Als Kristin in seine dunklen Murmelaugen schaute, hatte sie das Gefühl, als würde er ihr zustimmen.

In der folgenden Nacht war Zafira unruhig und nachdenklich zugleich. Mit tief gesenktem Kopf stromerte sie rastlos über die Weide und fand keinen Schlaf. Sie war sich sicher, dass Kristin der Mensch mit dem goldenen Herzen war. Der eine Mensch, der ein Einhorn erkannte und ihm in der Not helfen würde.

Kristin hatte ihre Sprache verstanden und sie bei ihrem Namen gerufen: Zafira, Tochter des Oberon.

Die Einhornstute verharrte. Ihr Horn glitzerte im Licht der Sterne. Am Nachthimmel hing der Mond wie eine schmale Sichel. In dem Wolkenschleier, der daran vorbeizog, glaubte Zafira ein anderes Einhorn zu erkennen.

Sie wieherte leise und rief nach dem Wolkeneinhorn, doch es antwortete nicht. Die Zeit war noch nicht gekommen.

Ja, Kristin war der eine Mensch, von dem Oberon gesprochen hatte. Es gab keinen Zweifel. Zafira wusste es tief in ihrem Innern, aber sie hatte keine Ahnung, wie es jetzt weitergehen sollte.

Unruhig trat sie von einem Huf auf den anderen, schüttelte die Mähne und schlug mit dem Schweif, der wie eine Schleppe im feuchten Gras lag.

Das Herz des kleinen Einhorns schlug schnell, viel zu schnell. Was sollte es tun? Wie sollte es weitergehen?

Wie konnte es Kristin dazu bewegen, das Eine zu tun, das einzig Richtige? Was war überhaupt dieses Eine, das einzig Richtige?

»Papa!«, rief Zafira in die Dunkelheit. »Gib mir ein Zeichen und sag mir, was ich tun soll!«

Sie stand da und wartete geduldig auf eine Antwort. Doch die Nacht blieb still.

Traurig trottete sie zu der Senke und legte sich hin. Als sie die Augen schloss und endlich einschlief, rollte eine Träne ins Gras. Im Schein der Perle erlosch ein einzelner Stern.

Schon am nächsten Tag war der Sturmschaden am Dach der Schule repariert und der Unterricht fand wie gewohnt statt. Sehr zu Kristins Bedauern, die viel lieber wieder in den Stall gefahren wäre.

»Porta augura, Iuna lamura!«

Kristin saß auf einer Bank im Pausenhof und versuchte angestrengt, sich auf die Physikformeln zu konzentrieren, die sie für die Klausur brauchte. Die Stimme ließ sie herumfahren.

»Was zur Hölle ...?!«, schnaufte sie erschrocken.

»Stör ich?« Tobias zwinkerte ihr zu und hockte sich neben sie, ohne auf ihre Antwort zu warten.

»Aber nein, wie kommst du denn darauf? Setz dich ruhig.« Kristin warf einen Blick auf das Buch, das Tobias in der Hand hielt. Es sah alt und ramponiert aus. Der Umschlag war vergilbt, die Ränder zerfleddert. »Lernst du Latein?«

Sie zeigte auf die geschwungenen Worte, die den Buchrücken zierten und von denen sie glaubte, dass sie lateinisch waren.

»Ja, Leistungskurs«, antwortete Tobias. »Aber das hier ist kein Latein. Es ist auch kein Schulbuch«, er hielt ihr das alte Buch hin, »sondern ein Standardwerk über Kraft und Zauber magischer Einhörner. Das Ding ist über hundertfünfzig Jahre alt. Krass, was?«

»Du interessierst dich für Einhörner? Echt jetzt?« Kristin runzelte ungläubig die Stirn.

»Na, klar! Du etwa nicht? Einhörner sind absolut faszinierende Wesen! Niemand hat jemals eins gesehen und trotzdem glauben die meisten Menschen, dass sie existieren.« Tobias strahlte.

»Tja, das Gleiche gilt aber auch für Drachen und UFOs«, erwiderte Kristin trocken. Sie packte ihre Sachen zusammen und stand auf. Es hatte zur Stunde geläutet.

»Boah, bist du unromantisch.«

»Woher hast du das Buch?« Kristin ignorierte den Einwurf. Sie hielt sich für eindeutig romantisch, aber an UFOs glaubte sie nun wirklich nicht.

»Mein Onkel hat es mir geliehen. Er kennt sich richtig gut aus und sammelt und liest alles über Einhörner, was ihm in die Finger kommt.« Tobias hielt ihr die Tür auf. Seite an Seite schoben sie sich mit dem Schülerstrom die Treppe hinauf. Ihre Schultern berührten sich. »Du kennst ihn übrigens.«

»Wen? Deinen Onkel?« Kristin zog die Stirn kraus. »Woher sollte ich den kennen?«

Tobias lachte. »Du hast ihn zufällig in Geo und Geschichte.«

»Was? Du meinst ...« Kristin schluckte. »Nee, oder?«

»Doch, doch«, erwiderte Tobias fröhlich. »Dr. Weißflog ist mein Onkel.«

Kristin musterte ihn, als sähe sie ihn zum ersten Mal.

»Du hast überhaupt keine Ähnlichkeit mit ihm.«

»Das könnte möglicherweise am Altersunterschied liegen«, erwiderte Tobias. »Er ist immerhin fast vierzig Jahre älter als ich. Außerdem trägt er eine Brille, hat einen Bart und einen Bauch und –«

Kristin hob die Hand. »Schon gut. Ich glaub's dir.«

Sie waren vor ihrem Klassenzimmer angekommen und blieben stehen.

»Sehen wir uns heute Nachmittag?«, fragte Tobias.

»Warum nicht? Ich bin gegen zwei im Stall. Komm einfach vorbei, wenn du Lust hast.«

»Mach ich glatt.« Tobias drehte sich schon um, als Kristin noch etwas einfiel.

»Was war das eigentlich für ein komischer Spruch vorhin? Dieses fast-lateinische *Porta*-Dingsbums?«

Tobias zuckte mit den Schultern und wedelte mit dem zerfledderten Buch. »Kein Schimmer. Der Spruch ist mir plötzlich eingefallen. *Porta augura, luna lamura …*«

Er winkte ihr zu und verschwand im Gewühl der Mitschüler. Kristin blieb nachdenklich zurück und zog die Schultern hoch. Ihr war kalt. Es fühlte sich an, als hätte ein Frosthauch ihren Nacken gestreift.

»Sag mal«, meinte Katinka nach der Schule. »Was läuft da eigentlich zwischen dir und dem Neuen?«

Sie saßen in einem kleinen Imbiss. Kristin verschluckte sich fast an ihrem Burger und starrte Katinka an.

»Was? Wie bitte?«, röchelte sie, mühsam nach Luft schnappend. »Wovon sprichst du?«

Katinka hob die Augenbrauen und klopfte mit der flachen Hand auf Kristins Rücken.

»Der Neue, To-bi-as«, sagte sie, jede Silbe betonend. »Der Traum schlafloser Nächte zahlloser Mädchen an unserer Schule.«

Kristin verzog spöttisch den Mund. »Echt?« Sie schüttelte den Kopf und nahm einen Schluck von ihrem Milchshake. »Hey, gib's zu. Er ist süß.« Katinka knabberte an einem Pommes und kicherte. »Er hat diese total unwiderstehlichen Strahleaugen und dazu blonde Surferlocken.«

»Ist mir noch gar nicht aufgefallen«, meinte Kristin. »Und um auf deine Frage zurückzukommen: Nein, zwischen uns läuft nichts. Wie kommst du nur darauf?« Sie stand auf und schnappte ihren Rucksack von der Sitzbank. »Sorry, ich muss los. Stallarbeit.«

»Ach, Stallarbeit nennt man das heutzutage?« Katinka kicherte immer noch. Sie stand ebenfalls auf und folgte Kristin nach draußen. »Ich hab gehört, dass Tobias in der Nähe deines Reitstalls wohnt. Du hast ihn da nicht zufällig schon mal gesehen?« Bei dem Wort »zufällig« malte sie mit den Fingern Anführungszeichen in die Luft vor Kristins Nase.

»Nein, hab ich nicht«, log Kristin. »Und wenn schon ... Ich muss jetzt echt los, sonst verpass ich den Bus. Tschüss, bis morgen!«

»Tschüssi!«, rief Katinka und winkte.

Als Kristin wenige Minuten später im Bus nach Lindenburg saß, schnaufte sie belustigt. Katinka war der neugierigste Mensch, den sie kannte. Aber was sollte diese Ausfragerei? Wie kam sie darauf, dass sie und Tobias ... Also, wirklich!

Sie lehnte sich gegen die Fensterscheibe des Busses, schaute hinaus und fragte sich, ob wirklich so viele Mädchen in Tobias verknallt waren, wie Katinka behauptete.

Ist doch ganz egal, sagte sie sich. Es interessiert mich nicht.

Ein paar Haltestellen weiter stieg sie aus und guckte sich um. Weit und breit keine Spur von Tobias und seinem struppigen Hund. Aber er hatte ja nicht gesagt, dass er sie an der Haltestelle abholen wollte, oder?

»Hi!«, sagte Kristin zu einer grau getigerten Katze, die auf einem

Mauervorsprung saß und sich den Pelz wärmte. Sie blieb stehen, um die Katze zu streicheln, doch die machte plötzlich einen Buckel, stieß ein giftiges Fauchen aus und sprang mit einem Satz auf den nächsten Baum, wo sie in sicherer Höhe sitzen blieb und misstrauisch herunterschielte.

»Was ist denn los?« Kristin zog die Stirn kraus. Hinter ihr knurrte und winselte etwas. Auch ohne hinzusehen, ahnte sie, vom wem die Geräusche kamen.

Ein Pfiff ertönte. Kurz darauf erklang Tobias' Stimme:

»Stromer, aus!«

Kristin drehte sich um. Vor ihr saß Tobias' Riesenrüde und wedelte mit dem Schwanz. Einige Schritte hinter ihm kam Tobias über den Gehweg geschlendert, beide Hände in den Taschen seiner Lieblingsjeans vergraben und ein Lächeln im Gesicht.

»Keine Angst«, sagte er. »Der tut keiner Fliege was. Katzen frisst er auch nicht. Er will nur spielen.«

»Was du nicht sagst!« Um zu demonstrieren, dass sie vor Hunden keine Angst hatte, speziell vor diesem hier nicht, beugte sich Kristin zu Stromer hinunter und kraulte ihn hinter den Ohren. Er ließ ein wohliges Grunzen hören und hob sogar die Pfote, um Kristin zu begrüßen.

Tobias stellte sich neben ihn. Kristin sah, dass er das alte Buch unter dem Arm trug. Er fing ihren Blick auf und sagte fast entschuldigend: »Ich dachte, wir könnten vielleicht versuchen ein paar Geheimnisse zu enträtseln. Natürlich nur, wenn du Lust und Zeit hast«, fügte er schnell hinzu.

»Geheimnisse enträtseln?«, wiederholte Kristin amüsiert. Sie setzte sich langsam in Bewegung. »Meinst du, über Einhörner?«

Stromer sprang auf und lief voraus, während Tobias neben Kristin herging.

Er nickte. »Ja, genau! Oder willst du etwa nicht wissen, was dieser Spruch bedeutet? *Porta augura, Iuna lamura* … Also, mir geht der irgendwie nicht mehr aus dem Kopf.«

»Du hast recht. Der Spruch hört sich wirklich seltsam an«, gab Kristin zu. »Fast wie eine Beschwörungsformel. Ein alter Zauberspruch oder so was in der Art.«

»Der Meinung ist mein Onkel auch.« Tobias zog etwas aus seiner Hosentasche. »Hier, das hat er mir gegeben.« Er hielt einen zerknüllten Zettel in der Hand. »Das sind lauter kluge Sprüche, die von Einhörnern handeln. Cool, was?«

Kristin runzelte leicht die Stirn. Sie fing an, an Tobias' geistiger Gesundheit zu zweifeln. Und dass Dr. Weißflog sich in seiner Freizeit anscheinend sehr intensiv mit Einhörnern, Sinnsprüchen und Beschwörungen befasste, passte auch nicht in das Bild, das sie bisher von ihrem Lehrer hatte.

Sie atmete auf, als sie den Reiterhof erreichten. Vielleicht hatte Nicole ja so viel für sie zu tun, dass für Tobias und die Geheimnisse des merkwürdigen Buches keine Zeit mehr blieb. Dieser ganze Hokuspokus war wirklich ein bisschen zu viel.

»Hi, ihr zwei!«, rief Nicole über eine geöffnete Boxentür hinweg. Sie presste sich ein Handy ans Ohr, während sie mit der Schulter ein Pferd zurückschob. »Ihr kommt gerade richtig!«

Kristin beschloss, sich nicht darüber zu wundern, dass Nicole und Tobias sich offenbar schon kannten.

»Was ist los?«, fragte sie stattdessen alarmiert. Sie drückte den Fuchswallach, der aus der Box drängte, zurück und verriegelte die Tür.

Nicole warf ihr einen dankbaren Blick zu und telefonierte weiter. Ihre Stimme hörte sich aufgeregt an. »Ja, genau. Ein großer Rappe und eine kleine Schimmelstute. Okay, prima. Gerade sind zwei weitere Helfer eingetroffen. Wir bleiben in Kontakt. Bis dann.« Sie beendete das Gespräch und wischte sich eine Haarsträhne aus der Stirn. »Puh«, seufzte sie. »Ich bin wirklich froh, dass ihr da seid.«

»Was ist denn passiert?«, fragte Tobias.

»Tinto und das Schimmelmädchen sind verschwunden«, antwortete Nicole.

»Was?«, rief Kristin erschrocken.

»Wann?«, wollte Tobias wissen.

»Gerade eben. Vor zehn Minuten vielleicht. Sie sind fröhlich vom Hof getrabt, in südliche Richtung. Bevor ich reagieren konnte, waren sie auf und davon. Ich konnte sie nicht mehr aufhalten. Weiß der Kuckuck, wie die das Gatter aufbekommen haben. Ich habe es fest zugemacht, da bin ich mir sicher.« Nicole seufzte noch einmal.

»Sie können noch nicht weit sein.« Tobias guckte Kristin an. »Los, komm! Die holen wir ein!«

»Am besten folgt ihr den Hufspuren«, schlug Nicole vor. »Nach dem Unwetter sind die Wege weich und matschig. Wenn ihr die Hufabdrücke der beiden habt, müsst ihr ihnen nur nachlaufen.«

»Vielleicht sind sie auf dem Weg in den Wald«, meinte Kristin. »Die Stute fühlt sich da sehr wohl. Sie scheint den Wald gut zu kennen.«

»Dann hätten sie euch eigentlich entgegenkommen müssen«, bemerkte Nicole. »Egal, seit dieser weiße Kobold auf dem Hof ist, ist eh alles wie verhext. Es würde mich nicht wundern, wenn sie sich einfach in Luft aufgelöst hätten.«

Tobias lachte. Dann stupste er Kristin an und zog sie mit sich. »Wir werden sie schon finden, keine Panik.« Er pfiff Stromer zu sich. »Wir haben den besten Spürhund dabei. Stromer findet die beiden in null Komma nix.«

»Hoffentlich«, murmelte Kristin. Sie warf Stromer einen zweifelnden Blick zu, aber der hatte schon die Nase gesenkt, um die Fährte aufzunehmen. Er schien tatsächlich zu wissen, was von ihm erwartet wurde.

Tobias streichelte ihn. Stromer hob den Kopf, bellte kurz auf und jagte dann mit riesengroßen Sprüngen so schnell vom Hof, dass Kristin und Tobias Mühe hatten, ihm zu folgen.

»Ich hab mit dem Förster telefoniert!«, rief Nicole ihnen noch hinterher. »Er will gleich zwei Männer losschicken, die den Waldrand an der Bundesstraße kontrollieren.« Leiser fügte sie hinzu: »Wenn die Pferde nur nicht über die Straße rennen ...«

Kristin winkte zurück, dann verschwanden sie und Tobias hinter einer Wegbiegung.

Stromer lief in Sichtweite voraus. Alle paar Meter blieb er stehen, hob witternd die Nase und wartete auf Tobias und Kristin.

»Hast du ihn so gut abgerichtet?«, staunte Kristin. Sie trabte locker neben Tobias her und passte ihre Schritte seinem Lauftempo an. Insgeheim dankte sie den unfreiwilligen Dauerläufen, die sie regelmäßig machen musste, um morgens den Schulbus zu erwischen.

Tobias nickte beiläufig. »Stromer ist total gelehrig. Es macht ihm Spaß, Aufgaben zu übernehmen.«

Wie zur Bestätigung bellte der Hund und wechselte kurz darauf die Richtung. Er verließ den Weg, schlug einen scharfen Haken und flitzte anschließend querfeldein über ein Feld. Sein Fell glänzte in der Sonne. Kristin sah die Begeisterung, mit der er der Spur der Ausreißer folgte. Obwohl –

»Wie können wir sicher sein, dass er wirklich den Pferden folgt?«, wandte sie sich an Tobias. »Vielleicht hat er ja eine viel interessantere Fährte erschnüffelt? Von einem süßen kleinen Feldhasen zum Beispiel.«

»Niemals.« Tobias schüttelte grinsend den Kopf. »Stromer ist nicht nur gelehrig, sondern auch unheimlich intelligent. Er würde nicht so viel Energie verschwenden, bloß um einen gewöhnlichen Hasen zu jagen.« Sein Grinsen wurde noch breiter. »Ein Hund ist immer so schlau wie sein Besitzer, sagt man.«

»Echt?« Kristin grinste zurück. »Dann verrate mir doch mal, was so schlau daran ist, die ganze Zeit mit einem alten Buch durch die Gegend zu joggen.« Sie zeigte auf das Einhornbuch, das unter Tobias' Arm klemmte, seit sie sich vorhin getroffen hatten. »Ist das eine besondere Trainingsmethode? Versprichst du dir davon vielleicht irgendeine Hilfe? Einen Rat? Oder willst du den Pferden eine Geschichte vorlesen, wenn wir sie gefunden haben?«

Tobias verlangsamte die Schritte. Sein Gesicht war verwirrt. Als er schließlich stehen blieb und Kristin anguckte, war das übermütige Grinsen verschwunden. Er zog das Buch hervor und hielt es ihr entgegen.

»Es hört sich wahrscheinlich total bescheuert an, aber ich hab überhaupt nicht gemerkt, dass ich das Ding die ganze Zeit mit mir rumgeschleppt hab!« Er drehte das Buch hin und her und betrachtete es, als würde er es zum ersten Mal sehen. »Es fühlt sich fast so an, als wollte es unbedingt mit. Verrückt, ich weiß, aber ...«

Er sprach nicht weiter. Kristin schob die Brauen zusammen und musterte ihn skeptisch.

Tobias zuckte ratlos mit den Schultern und lächelte verlegen. »Hört sich blöd an, was?«

»Nun ja ...«, entgegnete Kristin.

Wollte er sie vielleicht veräppeln? Aber warum?

Tobias' Gesicht war so ernst und gleichzeitig verwirrt, dass sie beschloss, ihm zu glauben. Er hatte anscheinend wirklich nicht gemerkt, dass er das Märchenbuch durch die Gegend schleppte, während sie zwei verschwundene Pferde suchten.

»Die Pferde!«, rief sie plötzlich. »Wir stehen hier rum und quatschen und vergessen dabei ganz, weshalb wir eigentlich hier sind!«

Sie nahm Tobias das Buch aus der Hand und zog ihn mit sich. Wenig später stolperten sie über einen aufgewühlten Acker, um

Stromer einzuholen, der am anderen Ende des Feldes ungeduldig wartete.

Sie kamen mehr schwankend als laufend voran. Die Erde war lehmig und schwer, aber Kristin erkannte deutliche Abdrücke von Pferdehufen. Von kräftigen, breiten, mit Eisen beschlagenen Hufen, die von Tintoretto stammen mussten, und daneben schmalere Abdrücke von unbeschlagenen Hufen, die sie Zafira zuordnete.

Nicoles Hof war der einzige Reitstall in der Gegend. Nur selten kamen Reiter von außerhalb hier vorbei. Kristin war sich absolut sicher, dass sie auf der richtigen Fährte waren. Die Spuren waren tief und noch ganz frisch. Und sie führten geradewegs in Richtung Wald.

Wie vorher Tobias bemerkte nun Kristin nicht, dass sie das Buch mit sich herumtrug. Es schmiegte sich angenehm und leicht unter ihren Arm und ließ sich so mühelos tragen, als wäre es die normalste Sache der Welt, mit so einem dicken Wälzer über ein lehmiges Feld zu stolpern.

Zur gleichen Zeit jubelte Zafira vor Lebensfreude. Während sie und Tintoretto immer tiefer in den Wald vordrangen, flog ihr Herz mit großen Sprüngen voraus. Aus der Spitze ihres magischen Horns stoben Freudenfunken.

Sie zwickte Tintoretto in den Hals, um ihn noch energischer voranzutreiben. Sein Fell war schweißnass. Die Muskeln und Sehnen zeichneten sich deutlich ab. Er keuchte, doch seine dunklen Augen funkelten vor Begeisterung. Der wilde Galopp war ganz nach seinem Geschmack. Ohne dass er es wusste, floss tief in seinen Adern das Blut der Wilden Pferde. Zwar verfügten seine uralten Ahnen nicht über die zauberischen Kräfte der Einhörner, aber sie waren deren enge Verbündete – seit Hunderten von Jahren schon.

Alte, längst vergessene Sagen erzählten von dem legendären Mut und der unbändigen Kraft der Wilden Pferde. Wie ihre Verwandten, die Einhörner, lebten auch sie vor langer Zeit tief verborgen in den Wäldern und kannten sich gut darin aus. So hatte Tintoretto keine Sekunde gezögert, als Zafira zuerst ihr eigenes und anschließend das Gatter seines Paddocks geöffnet und ihn aufgefordert hatte, sie zu begleiten.

Tintoretto mochte die Menschen. Er fühlte sich wohl auf dem Reiterhof. Aber diese Flucht ins Ungewisse war das Beste und Spannendste seit Langem. Es war besser, als mit den anderen Pferden des Hofes um die Wette zu galoppieren. Sogar noch besser, als von dem Menschenmädchen gestreichelt und verwöhnt zu werden.

Tinto zögerte kurz. Dieses Mädchen, Kristin, würde ihm fehlen. Es besaß eine ganz besondere Gabe. Etwas, das man selten fand. Die Menschen nannten es Pferdeverstand.

»Schneller, schneller!«, unterbrach Zafira seine Gedanken. »Sie folgen uns, ich kann es spüren!«

Tintoretto spannte sich an und preschte mit länger werdenden Galoppsprüngen durch den Wald. Die Bäume wuchsen jetzt immer dichter, immer höher. Die Pferde mussten aufpassen, dass sie sich nicht an den rauen Stämmen verletzten oder über eine Wurzel stolperten. Schulter an Schulter überwanden der Rappe und die Schimmelstute einen Graben und durchbrachen eine Hecke. Dann waren sie verschwunden.

Alles war still. Es schien, als hätte der Wald die Pferde verschluckt.

»Das gibt's doch gar nicht! Die können doch nicht einfach verschwinden!« Kristin hielt sich die Seite, die vom Laufen schmerzte. Sie war kurz davor, mit dem Fuß aufzustampfen. Tobias stützte die Hände auf die Oberschenkel und versuchte mühsam, wieder zu Atem zu kommen. Auf seiner Stirn standen Schweißperlen. Eine löste sich und lief an der Schläfe hinunter. Er wischte sie mit dem Handrücken weg und schnaufte.

»Anscheinend doch«, ächzte er. »Wir hecheln jetzt schon eine geschlagene Dreiviertelstunde durch diese Pampe. Glaubst du wirklich, dass wir noch eine Chance haben, sie zu finden?«

»Natürlich«, erwiderte Kristin. »Oder denkst du etwa ans Aufgeben?«

»Nein«, sagte Tobias sofort.

Kristin nickte ihm zu. Die Seitenstiche ließen langsam nach. Sie sah sich um. Tobias und sie standen vor einem tiefen Entwässerungsgraben, der den Wald an dieser Stelle mittendurch schnitt. Die Böschungen waren steil und auf beiden Seiten von Unkraut überwuchert. Auf dem Grund des Grabens gurgelte ein schmales

Rinnsal mit trübem Wasser. Die Hufspuren endeten genau hier. Die Pferde mussten den Graben übersprungen haben.

Kristin hob die Augenbrauen. So einen Sprung schafften eigentlich nur Turnierpferde. Und dann nach diesem harten Galopp über das unebene Feld ...

»Das ist unglaublich.« Sie schüttelte den Kopf.

Tobias warf ihr einen fragenden Blick zu.

»Wir müssen irgendwie über diesen Graben kommen. Fragt sich nur, wie.«

Stromer saß zwischen ihnen und wandte den Blick hin und her. Er hechelte. Die Zunge hing ihm seitlich aus der Schnauze.

Tobias ging wortlos einige Schritte zurück, nahm Anlauf und sprang. Er schaffte es fast auf die andere Seite, aber nur fast. An der steilen Böschung verlor er den Halt und rutschte ab. Sein linker Fuß tauchte in das trübe Wasser.

»Mist!«, fluchte er und zog sich an einer dicken Ranke hoch. Nur mit Mühe schaffte er es, die Böschung auf allen vieren zu erklimmen. Es sah nicht besonders elegant aus. Kristin konnte ein Prusten nicht unterdrücken.

Stromer kläffte heiser und folgte seinem Herrchen mit einem Satz. Begeistert fuhr er Tobias mit der Zunge übers Gesicht.

»Iih, pfui!«, schimpfte der. »Lass das, du Hund!«

Kristin prustete immer noch.

»Wahnsinnig witzig, echt!«, rief Tobias ihr zu. Er wrang seinen Hosensaum aus. Dann zupfte er lässig einen winzigen Stachel aus seiner Handfläche und sagte: »Mach's besser!«

»Kannst du fangen?«, rief Kristin.

Bevor Tobias antworten konnte, warf sie ihm das Buch zu. Er fing es geschickt mit beiden Händen, legte es neben sich auf einen flachen Stein und verschränkte erwartungsvoll die Arme vor der Brust.

Kristin nahm einen längeren Anlauf als er. Sie holte tief Luft und spannte die Muskeln an, um loszulaufen, als plötzlich ein Pferd wieherte.

Tobias starrte sie an.

Stromer spitzte die Ohren und knurrte leise.

»Worauf wartest du noch?«, rief Tobias und streckte eine Hand aus. »Sie sind ganz in der Nähe!«

Wieder erklang ein Wiehern. Es klang fröhlich, fast schadenfroh.

Kristin zögerte nicht länger. Sie sammelte all ihre Kraft, sprintete los und sprang entschlossen ab. In der letzten Sekunde kniff sie die Augen fest zusammen.

Auf der anderen Seite kam sie ziemlich unsanft auf. Als sie die Augen wieder aufmachte, sah sie zuerst Stromers feuchte Nase vor sich und dann Tobias' Hand. Beherzt griff sie danach und ließ sich von ihm das letzte Stück hinaufziehen.

»Guter Sprung.« Tobias lächelte anerkennend. »Gar nicht übel.«

Kristin sah ihn an und wollte etwas erwidern, als sie eine verschwommene Bewegung hinter ihm wahrnahm. Blätter bewegten sich. Etwas Weißes verschwand lautlos hinter einem Baum.

»Da sind sie!«, stieß sie aufgeregt hervor und rannte schon los. »Hinterher, Stromer!«

Stromer nahm die Verfolgung auf und sprang bellend kopfüber ins Dickicht.

Tobias schüttelte verwirrt den Kopf, brummelte etwas Unverständliches und stolperte schließlich hinter Kristin und seinem Hund her.

An das Buch, das auf dem flachen Stein lag, dachte er nicht mehr. So sah er auch nicht, wie der Wind sachte hineinfuhr und es aufblätterte.

Seite für Seite wurde umgeblättert, bis es an einer Stelle aufgeschlagen blieb. Eine kunstvolle Zeichnung entfaltete sich, eine Abbildung von einem mächtigen schneeweißen Einhorn auf mitternachtsblauem Grund, das sich stolz und erhaben aufbäumte. Aus dem Horn sprühten goldene Funken. Es war das Abbild von Zafiras Vater Oberon, dem Vater aller Einhörner. Das Bild schien zu leben. Oberons Augen glühten wie Kohlen. Sein Schweif peitschte hin und her. In verschlungenen tiefroten Buchstaben erschien unter dem Bild des Einhorns, wie von Geisterhand geschrieben, ein Spruch:

PORTA AUGURA, LUNA LAMURA!

Noch einmal fuhr der Wind durch die Seiten. Das Bild eines Mädchens wurde aufgeschlagen. Es ging mit einem Einhorn an seiner Seite auf ein Tor aus Wolken zu. Sternenförmige Blüten fielen links und rechts neben dem Mädchen und dem Einhorn zu Boden. Im Hintergrund spiegelte sich der Mond in einem kreisrunden See.

Am Nachthimmel, der sich darüber spannte, funkelten Sternschnuppen.

Sila garam, stand unter dem Bild. *So wird es geschehen.*

Kristin wurde das Gefühl nicht los, noch nie zuvor so schnell und ausdauernd gelaufen zu sein. Fast bedauerte sie, dass ihre Sportlehrerin sie nicht sehen konnte. Für so eine Leistung hätte sie eine glatte Eins verdient.

Tobias hatte sie inzwischen eingeholt. Er warf ihr einen Blick zu. »Was hast du gesehen?«, erkundigte er sich knapp.

Kristin erwiderte seinen Blick. »Etwas Weißes.« Sie deutete vage nach vorn. »Es ist hinter den Bäumen verschwunden. Es muss Zafira gewesen sein.«

»Bist du sicher?« Tobias schob die Brauen zusammen.

»Absolut«, erwiderte Kristin. »Oder gibt es hier in der Gegend Eisbären?«

Tobias gab ein Schnauben von sich, das Kristin als unterdrücktes Lachen einstufte. Sie verkniff sich ein Grinsen und trabte schweigend weiter, während sie ihren Blick aufmerksam hin und her schweifen ließ.

Plötzlich blieb sie stehen.

Porta augura, Iuna lamura!

Eine laute Stimme drang in ihr Ohr. Sie klang dunkel, herrisch und sehr, sehr nah.

Kristin fasste sich an die Stirn.

Willst du das Tor der Welt durchschreiten, fuhr die Stimme eindringlich fort, *so muss der Vollmond dich begleiten.* Blätter rauschten, als ein Windstoß durch die Wipfel der Bäume fuhr und sie frösteln ließ. Kristin hatte den Eindruck, als würde der Wald tief Luft holen und seufzen.

Kurz darauf war alles so still wie zuvor.

»Was ist los?« Tobias war ebenfalls stehen geblieben. Er guckte Kristin unsicher an.

Die lauschte angespannt, aber abgesehen von ihrem eigenen Herzschlag, Stromers entferntem Gebell und Tobias' heftigem Atem war da nichts.

»Hast du das gerade auch gehört?«, flüsterte sie.

»Was?«, fragte Tobias zurück.

»Diese Stimme! Den Spruch!« Kristin stolperte vorwärts. Tobias hielt sie fest.

»Du solltest was trinken«, sagte er. »Gibt es hier nicht irgendwo einen Bach oder einen See?«

»Porta augura, luna lamura«, murmelte Kristin, ohne auf ihn zu achten. »Dieser merkwürdige Spruch. Du hast ihn also nicht gehört?«

»Nein.« Tobias fuhr sich mit den Fingern durch die Haare und stöhnte auf. »Ich hab keinen Schimmer, wovon du redest. Ich hab gar nichts gehört.« Etwas ruhiger fuhr er fort: »Ich glaub, du brauchst wirklich einen Schluck Wasser. Das endlose Gerenne schlaucht ganz schön. Wir hätten was zu trinken mitnehmen sollen.«

»Du hast recht.« Kristin zwang sich zu einem Lächeln. »Ich fang schon an zu spinnen. Aber ich hab auch nicht damit gerechnet, dass wir so lange unterwegs sein würden. Lass uns eine Pause machen. Der See ist nicht weit von hier.«

Kurz darauf saßen sie am Ufer des Waldsees. Sie hatten mit den Händen Wasser geschöpft und getrunken. Nun ruhten sie sich aus. Stromer hatte sich zu ihnen gelegt, aber er spitzte pausenlos die Ohren, damit ihm ja nichts entging.

Als irgendwo ein Zweig knackte, hob er sofort den Kopf. Sein Nackenfell sträubte sich. Tobias legte ihm eine Hand auf den Rücken.

»Ganz ruhig«, sagte er. »Da ist doch nichts.«

Aus Stromers Kehle drang ein Knurren. Er richtete sich auf.

»Was hat er denn?« Kristin saß Tobias gegenüber auf einem umgestürzten Baumstamm. Sie wollte einen Blick über die Schulter werfen, um zu sehen, was da vor sich ging, als Tobias einen Finger an die Lippen legte. Seine Augen weiteten sich vor Überraschung.

»Pscht!«, machte er leise.

Kristin rutschte unbehaglich herum.

»Was ist denn?«, flüsterte sie zurück.

»Pst!«, zischte Tobias noch einmal. »Die Pferde sind genau hinter dir!«

Kristin zog die Augenbrauen zusammen. Sollte das ein Witz sein? Wenn ja, konnte sie nicht darüber lachen. Dazu war sie viel zu erschöpft. Doch warum starrten Tobias und sein Hund immer noch wie gebannt an ihr vorbei? Irgendetwas war da hinter ihrem Rücken. Nur was?

Ihr Nacken fing an zu kribbeln. Der Rücken versteifte sich.

»Zafira und ihr schwarzer Kumpel stehen direkt hinter dir«, flüsterte Tobias nach einer halben Ewigkeit. Er hielt Stromer am Halsband fest. »Sie sind nur zwei, drei Schritte von dir entfernt. Ich glaube, sie wollen zum See.«

Jetzt hörte Kristin es auch: Zögernde Schritte auf dem Waldboden, das leise Zerbrechen trockener Zweige und schließlich das Patschen von Hufen in seichtem Wasser.

Am liebsten wäre sie aufgesprungen, aber sie unterdrückte den Impuls und zwang sich stattdessen zur Ruhe. Der Wind stand günstig. Trotz der Nähe hatten die Pferde sie anscheinend weder gesehen noch gewittert. Der Baumstamm, auf dem sie saß, lag halb verborgen hinter einem blühenden Strauch. Mit etwas Glück und Geschick konnten sie die beiden Ausreißer vielleicht überraschen und schnappen.

»Was tun sie?«, wisperte sie.

»Trinken«, antwortete Tobias ebenso leise. Er und Stromer ließen die Pferde keine Sekunde aus den Augen. »Sie sehen müde aus. Vielleicht wollen sie sich hier ausruhen.«

Das wäre zu schön, um wahr zu sein, dachte Kristin bei sich. Wenn die Pferde hier rasteten, sich vielleicht sogar hinlegen würden, könnten sie sich an sie heranschleichen. Ja, das wäre die einzige Chance. Sie mussten sich heranpirschen und sie an der weiteren Flucht hindern.

Zu blöd, dass sie in der Eile nicht daran gedacht hatten, Halfter und Stricke mitzunehmen. So würde ihnen nur ein beherzter Griff in die Mähnen bleiben, um die Pferde festzuhalten.

Während Kristin und Tobias kaum zu atmen wagten und jeder für sich überlegte, wie die Ausreißer wohl am besten zu überrumpeln wären, senkte Tintoretto den Kopf, um zu grasen.

Zafira stand ein Stück von ihm entfernt bis zum Bauch im See und beäugte selbstverliebt ihr Spiegelbild. Das kühle Wasser umspülte sie. Mit einem Mal begann die Oberfläche des Sees sich zu kräuseln. Wellen schwappten an das Ufer.

Verdutzt wollte Zafira zurückweichen, doch als sie sah, was anstelle ihres Spiegelbildes erschien, blieb sie stehen und reckte den Hals. Mit geblähten Nüstern pustete sie in das Wasser, das die Farbe von flüssigem Blei angenommen hatte, und spitzte die Ohren.

Auf der Wasseroberfläche tauchte das Abbild ihres Vaters auf. Zafiras Herz schlug schneller. Ihr gewundenes Horn zitterte leicht, als sie sich zu Tintoretto umwandte. Der hatte seine Mahlzeit beendet und einen Hinterhuf aufgesetzt, um zu dösen. Von dem, was gerade geschah, bekam er anscheinend nichts mit – genau wie Tobias und Kristin.

»Es ist gut, dass du an diesen Ort zurückgekehrt bist«, sagte Oberon zu Zafira. »Denn nur hier, an diesem besonderen Ort, kann ich ungesehen zu dir sprechen.«

Zafira wollte etwas erwidern. Das Gesicht ihres Vaters sah sorgenvoll und traurig aus. Sie wollte ihm seinen Kummer nehmen, doch als sie den Kopf hob, um etwas zu sagen, wurden die Wellen plötzlich heftiger und Oberons Abbild verblasste.

»Hör gut zu«, sagte er schnell. »Du darfst nicht länger davonlaufen. Vergiss nicht, dass du die Menschen brauchst, um in die Andere Welt zu kommen. Dieses Mädchen, Kristin, besitzt die Gabe, dir zu helfen. Es hat ein Herz aus purem Gold. Wende dich an das Mädchen. Es versteht unsere Sprache. Es wird dir helfen.«

Die bleierne Farbe löste sich auf. Das Wasser wurde wieder klar.

»Ich kann nicht länger bleiben«, sagte Oberon mit leiser werdender Stimme. »Vertraue dem Mädchen!«

Ein silberner Funkenregen sprühte aus Zafiras Horn.

»Nein, warte!«, rief sie. »Bleib hier, Papa!«

Tintoretto wackelte mit den Ohren, prustete und schaute sich verwirrt um.

Zafira starrte auf das Wasser. Anstelle ihres Einhornvaters sah sie nun wieder sich selbst. So schnell, wie die Erscheinung gekommen war, so schnell war sie auch wieder verschwunden.

Sie wandte sich Tintoretto zu und seufzte traurig. Der Hengst spürte, dass sie aufgewühlt war. Er schenkte ihr einen mitfühlenden Blick und kam langsam auf sie zu. Liebevoll pustete er sie an und knabberte an ihrer Mähne. Zafira schloss die Augen. Der Schwarze würde ihr helfen, wenn er könnte, das wusste sie. Aber was sollte er schon tun? Er war nur ein gewöhnliches Pferd, kein Einhorn mit Zauberkräften.

Das Mädchen, dachte Zafira. Ja, das Mädchen ist der Schlüssel. Papa hat recht: Es bringt nichts, davonzulaufen. Ich muss hierbleiben und dem Mädchen vertrauen.

»Weißt du eigentlich, dass Einhörner durch die magische Kraft ihrer Hörner in der Lage sind, vergiftetes Wasser zu reinigen?«, flüsterte Tobias Kristin zu.

»Nein, das wusste ich nicht«, wisperte sie zurück. »Wieso kommst du ausgerechnet jetzt auf Einhörner?«

Sie versuchte ihre unbequeme Sitzposition zu verändern, indem sie ein Stück nach rechts rutschte. Wenn sie noch länger auf diesem Baumstamm hocken musste, würden ihr die Beine abfallen. Ein Fuß war schon eingeschlafen. Das Kribbeln war kaum auszuhalten.

»Dieser See wird auch Einhornsee genannt«, raunte Tobias ihr zu. »Es gibt eine Sage, nach der hier früher eine große Einhornherde gelebt haben soll.«

Wenn Kristin sich getraut hätte, sich zu bewegen, hätte sie ihm einen Vogel gezeigt. So beschränkte sie sich darauf, spöttisch das Gesicht zu verziehen.

»Woher hast du das denn? Von deinem einhornforschenden Onkel?«, fragte sie.

Tobias ging gar nicht auf den Spott ein. Er nickte ernst.

»Glaubst du etwa nicht an Einhörner? Ich dachte, du magst Pferde!«

»Einhörner sind aber keine Pferde«, erwiderte Kristin brummend. »Einhörner sind Fabelwesen. Es gibt sie nicht. Alles, was über sie erzählt wird, sind Mythen.«

Tobias' Augen funkelten. »Natürlich gibt es Einhörner«, widersprach er. »Du musst nur an sie glauben. Und sie finden, natürlich!«

»Pscht!«, zischte Kristin. »Nicht so laut! Du verscheuchst die Pferde!«

Als es im Gebüsch hinter ihr raschelte, sprang Stromer auf. Sein Nackenfell sträubte sich. Er knurrte drohend.

»Hey, Platz!«, befahl Tobias ihm leise.

Stromer folgte dem Kommando, aber er hörte nicht auf zu knurren. Kristin hielt die Luft an. Sie spürte etwas in ihrem Rücken und traute sich nicht, sich umzudrehen. Stattdessen starrte sie Tobias an und versuchte in seinem Gesicht zu lesen.

Zuerst starrte er nur wie gebannt über ihre linke Schulter. Dann spiegelte seine Miene Verblüffung wider. Schließlich fing er laut an zu lachen.

»Was ist so lustig?«, fragte Kristin irritiert. Sie vergaß zu flüstern, aber mit seinem albernen Gepruste hatte Tobias die Pferde vermutlich eh längst verjagt. Wenigstens hielt er sich jetzt eine Hand vor den Mund, um das Geräusch zu dämpfen. Mit der anderen zeigte er auf etwas, das sich irgendwo schräg hinter Kristin befinden musste.

»Guck doch selbst!«, stieß er kichernd hervor. »Dreh dich einfach um. Du glaubst es nicht!«

»Was glaub ich nicht?« Kristin zuckte zusammen, als etwas ihr linkes Ohr berührte.

Etwas – oder jemand? – pustete hinein. Dann schnoberte es in ihren Haaren und knabberte daran.

»Iiieh!« Kristin sprang auf und vergaß dabei jede Vorsicht. »Was zur Hölle ...«

Sie fuhr herum und sah in zwei Pferdegesichter, ein schwarzes und ein weißes, die sich durch das Blattwerk des Gebüschs geschoben hatten und sie nun mit großen Augen ausgesprochen freundlich und neugierig zugleich musterten.

Stromer war nicht mehr zu halten. Er hüpfte um Kristin herum und wedelte begeistert mit dem Schwanz.

Tobias kringelte sich fast vor Lachen.

Kristin war sprachlos. Sie versuchte etwas zu sagen, doch aus ihrer Kehle kam nur ein Krächzen. Sie glaubte einfach nicht, was sie sah. Tintoretto und Zafira standen genau vor ihr! Sie guckten sie an! Sie scheuten nicht und liefen auch nicht weg. Sie standen ganz gelassen mitten im Wald, knabberten an den frischen Trieben eines Baums und schlugen entspannt mit ihren Schweifen.

Stromer stupste Kristin an und bellte auffordernd. Sie hatte das Gefühl, sich nur in Zeitlupe bewegen zu können, aber sie schaffte es tatsächlich, eine Hand auszustrecken und Tintorettos Nase zu berühren. Sie fühlte sich eindeutig real an, ganz warm und weich.

Tintoretto kräuselte die Oberlippe und schnaubte.

Kristins Herzschlag beruhigte sich. Es war keine Einbildung.

Sie fing nicht an zu spinnen. Die Pferde waren echt!

»Hey, ihr zwei«, sagte sie. Etwas Besseres fiel ihr nicht ein.

Zafira drängte sich nach vorn. Kristin strich ihr übers Fell.

»Habt ihr endlich genug vom Weglaufen?«

Zafira brummelte. Es klang wie eine Zustimmung.

Tobias hatte sich inzwischen beruhigt. Er stellte sich neben Kristin und stieß sie mit dem Ellbogen an. »Und wie kriegen wir die jetzt zurück in den Stall?«

»Ich hab keinen Schimmer«, gestand Kristin. »Wenn wir Glück haben, lassen sie sich vielleicht an den Mähnen führen.«

Eine Weile standen sie unschlüssig da. Kristin kraulte Zafira, Tobias klopfte Tintos Hals. Es war Stromer, der irgendwann das Zeichen zum Aufbruch gab. Mit einem energischen »Wuff!« warf er sich herum und lief los.

Der Heimweg war mühsam und umständlich. Sie machten einen Umweg, weil weder Kristin noch Tobias Lust hatten, noch einmal über den Graben zu springen.

Sie waren erleichtert, dass sich die beiden Ausreißer tatsächlich brav führen ließen, und bahnten sich mit den Pferden einen Weg durch das Dickicht, bis sie schließlich auf einen alten Forstweg stießen.

Nach einer weiteren halben Stunde erreichten sie eine Holzbrücke, die über den Graben führte. Danach folgten sie einfach nur weiter dem holperigen Weg, der sie nach einer gefühlten Ewigkeit aus dem Wald hinausbrachte.

Als sie den Wald verlassen hatten, atmete Kristin auf. Irgendwo bellte Stromer. Er war ein ganzes Stück voraus und nicht mehr zu sehen.

Zafira trottete neben Kristin her. Sie hatte eine Hand auf die Schulter der Stute gelegt, kraulte sie und sprach leise mit ihr. Ein, zwei Meter hinter ihnen folgten Tobias und Tintoretto. Tintoretto hielt den Kopf gesenkt und ließ die Ohren baumeln. Seine Augen waren halb geschlossen. Er schien im Gehen zu dösen. Vorsichtig löste Tobias seine Faust vom Stirnschopf des Rappen. Wie ein Schlafwandler stapfte Tinto weiter neben ihm her. Tobias grinste.

Als wenig später Stromer auf den Reiterhof stürmte und aufgeregt bellte, stellte Nicole die mit Mist beladene Schubkarre ab und lief ihm entgegen. Sie schirmte die Augen mit der Hand ab und spähte in die Richtung, aus der der Hund gekommen war.

»Na, so was«, murmelte sie und zog die Augenbrauen hoch.

Eine seltsame Truppe näherte sich in gemächlichem Tempo dem Hof. Vorneweg Kristin mit Zafira, ein Stück dahinter Tobias und Tintoretto, der beim Gehen zu schlafen schien und dabei fast über seine eigenen Hufe stolperte.

Nicole lächelte, während sie Stromer lobte.

»Das habt ihr fein gemacht! Ich glaube, du hast dir heute eine Extrawurst verdient.«

Stromer jaulte begeistert auf, als hätte er jedes Wort verstanden, dann trollte er sich. Er trank aus einem Wassereimer und suchte sich anschließend einen Platz im Schatten unter einem Baum, wo er sich zusammenrollte und fast augenblicklich einschlief.

Nicole winkte den Ankömmlingen zu.

»Ich bin so froh, euch zu sehen!«, rief sie. »Ihr habt sie wirklich gefunden!«

Kristin winkte zurück. Zafira hob den Kopf und wieherte.

»Ja, meine Kleine«, raunte Kristin ihr zu. »Jetzt bist du wieder zu Hause.«

Als sie Zafiras wache Augen und die gespitzten Ohren sah, wurde ihr warm ums Herz. Doch dann fiel ihr schlagartig ein, dass der Reiterhof ja gar nicht Zafiras Zuhause war. Der Hof war nur eine vorübergehende Unterkunft für die Stute, eine Art Notlösung, bis – ja, bis der rechtmäßige Eigentümer sich früher oder später meldete.

Kristin schluckte. Der bloße Gedanke, sich von Zafira trennen zu müssen, war unerträglich. Sie streichelte das warme, lockige Fell, fuhr mit der Hand unter die Mähne und konnte nicht verhindern, dass ihr Tränen in die Augen traten.

»Ach, Zafira ...«, seufzte sie traurig. »Liebe, kleine Zafira.«

Zafira wandte den Kopf und musterte Kristin aufmerksam. Sie sah die Tränen und schnaubte leise. Als ob sie sie trösten wollte, stupste sie Kristin an.

Alles wird gut, schickte sie einen Gedanken, der nur für sie und Kristin bestimmt war. *Alles wird gut, solange du an meiner Seite bist.*

Kristin blieb stehen. Sie wollte etwas sagen, aber als sie das liebe Gesicht der Stute betrachtete und die dunklen, wissenden Augen sah, lächelte sie nur und nickte.

»Wollt ihr da festwachsen?« Nicoles Ruf riss sie aus ihren Gedanken. Mit energischen Schritten kam die Stallbesitzerin auf sie zu und stoppte erst, als sie die Gruppe erreicht hatte. »Gesund und munter.« Sie tätschelte Zafira und Tintoretto. »Ich weiß gar nicht, was ich sagen soll.«

Tobias grinste. »Och, ein klitzekleines Danke würde fürs Erste reichen. Oder wie wär's mit: Wo waren sie? Warum hat das so lange gedauert?«

Kristin kicherte.

Nicole sah zuerst Tobias, dann Kristin an, bevor sie lachte.

»Kommt erst mal mit und bringt die Pferde auf die Koppel. Danach erzählt ihr mir, wo und wie ihr sie geschnappt habt. Ich bin echt gespannt. Ach, und übrigens«, fügte sie hinzu, »danke schön!«

Kristin und Tobias führten die Ausreißer auf eine Koppel hinter der Reithalle, wo Nicole die Pferde nach Verletzungen untersuchte. Sie fuhr die Beine entlang, strich über Schultern, Brust, Bauch und Rücken der Tiere, bis sie schließlich nickte. Bis auf ein paar oberflächliche Kratzer hatten sie das Abenteuer heil überstanden. Die Fesseln waren kühl, Puls und Atmung im grünen Bereich.

»Alles super!« Nicole verriegelte das Gatter und schloss den Riegel zur Sicherheit noch mit einem Vorhängeschloss ab. »Wir lassen sie wohl besser zusammen«, meinte sie. »Vielleicht vergeht ihnen die Lust auf weitere Ausflüge, wenn sie Gesellschaft haben.«

Kristin stimmte ihr zu. »Bestimmt hatten sie nur Langeweile. Sie scheinen sich zusammen jedenfalls sehr wohlzufühlen.«

Sie warf Tintoretto und Zafira einen Blick zu. Sie standen nebeneinander und ließen die Köpfe hängen. Beide hatten die Hinterhufe aufgesetzt und ruhten sich aus. Der Ausflug hatte sie müde gemacht.

»Werft ihnen noch ein bisschen Heu hin«, sagte Nicole, »und kommt danach ins Haus. Ich rufe schnell den Förster an und gebe Entwarnung, dass er die Suche einstellen kann. Und dann spendiere ich eine Runde Kakao und Kuchen und ihr könnt mir die ganze

Story erzählen. Okay?« Sie drehte sich schon um und verschwand in ihrem Wohnhaus.

Tobias fing bei dem Gedanken an den Kuchen fast an zu sabbern. Plötzlich schlug er sich mit der flachen Hand gegen die Stirn. »Mist! Ich hab das Buch liegen lassen!«

»Verflixt. Das gibt garantiert Ärger mit deinem Onkel«, meinte Kristin. »Das Ding ist sicher ziemlich wertvoll, oder?«

»Ja.« Tobias machte ein verzweifeltes Gesicht. »Ich muss sofort zurück und es holen. Sonst killt mein Onkel mich.«

Kristin zögerte. »Soll ich mitkommen? Weißt du noch, wo du es hingelegt hast?«

»Nein und ja«, erwiderte Tobias leicht kryptisch. »Nein, du musst nicht mitkommen. Und ja, ich weiß noch genau die Stelle, wo es liegt. Es sei denn, ein Wildschwein hat es inzwischen gefressen. Genieß den Kuchen, aber lass mir ein Stück übrig!«

Kristin versprach es lachend.

Als Tobias vom Hof joggte, sprang Stromer auf und folgte ihm. Kristin blieb am Gatter stehen und schaute den beiden hinterher, bis sie hinter der Kurve verschwunden waren, an der der Wald anfing. Dann drehte sie sich um, warf den Pferden Heu vor und ging anschließend zu Nicoles Haus. Dass Zafira den Kopf gehoben hatte und jeden einzelnen ihrer Schritte genau beobachtete, bemerkte sie nicht.

Porta augura, Menschenmädchen, flüsterte die Einhornstute. *Luna lamura!*

Minuten später saß Kristin in Nicoles gemütlicher Küche und berichtete von der verrückten Verfolgungsjagd. Nebenbei verputzte sie zwei Stücke Erdbeerkuchen und trank einen großen Becher Kakao fast in einem Zug leer. Erst jetzt merkte sie, wie hungrig und durstig sie war.

»Ohne Stromer hätten wir die zwei niemals gefunden«, sagte sie, während sie noch einen Rest Schlagsahne aus der Schüssel kratzte. »Er ist wirklich ein toller Spürhund.«

Nicole warf einen Blick auf die Wanduhr und seufzte. »Hoffentlich kann er auch das alte Buch aufspüren. Tobias ist schon fast eine Stunde unterwegs. Meine Güte, wenn ich mir vorstelle, ich müsste in einem Wald ein Buch suchen ... Das ist ja noch schlimmer als die berühmte Nadel im Heuhaufen.«

»Ja, vermutlich.« Kristin wischte sich einen Krümel vom Kinn und rieb sich den Bauch. »Vielen Dank für den leckeren Kuchen. Ich muss leider los. Ich hab meiner Mam versprochen, pünktlich nach Hause zu kommen. Wir wollen zusammen einkaufen und kochen.«

»Na, dann hopp!«, rief Nicole. »In zehn Minuten fährt der nächste Bus. Wenn du dich beeilst, erwischst du ihn noch.« Sie stellte das Geschirr zusammen. »Ich sag Tobias Bescheid, sobald er auftaucht.«

»Danke«, erwiderte Kristin. »Ich hoffe, dass er das Buch heil wiederfindet. Sein Onkel kann ziemlich streng sein.«

Am nächsten Vormittag fiel für Kristin die große Pause aus. Ihre Klasse schrieb eine Klausur, und Dr. Weißflog gab die Pausenzeit noch dazu, damit alle fertig wurden. Als er Kristins Arbeitsblätter einsammelte, blieb er kurz neben ihrem Tisch stehen.

»Was machen die Einhörner?«, erkundigte er sich freundlich. »Schon welche gesehen?«

Leise summend ging er weiter, ohne eine Antwort abzuwarten, und sammelte die letzten Arbeiten ein. Kristin blieb der Mund offen stehen. Katinka zupfte an ihrem Ärmel.

»Los, komm«, sagte sie. »Lass uns einen Saft holen. Ich brauch dringend ein paar von diesen kleinen Viechern, die sich Vitamine nennen.«

Kristin stand auf und folgte ihr.

Die Gänge des Alten Gymnasiums waren leer. Durch die geschlossenen Türen der Klassenzimmer waren gedämpfte Stimmen zu hören. Zuerst eine laute Lehrerstimme, dann die etwas leiser gemurmelte Antwort eines Schülers.

Im Musikzimmer spielte jemand Klavier. Es klang falsch und schräg.

Vor dem Getränkeautomaten machten Kristin und Katinka halt und zählten das passende Kleingeld zusammen.

»Tobias' Klasse macht heute eine Exkursion ins Kunstmuseum«, erwähnte Katinka beiläufig. »Nur für den Fall, dass du ihn vielleicht vermissen solltest.«

Kristin ließ ihr Geld fallen. Mehrere Euro- und Centmünzen kullerten über den gebohnerten Boden. Einige verschwanden unter dem Getränkeautomaten.

»Mist!«, fluchte sie. Sie bückte sich und versuchte die Geldstücke hervorzuangeln. Als sie wieder auftauchte, waren ihre Wangen rosa. Sie unterdrückte einen weiteren Fluch und sammelte schnell die anderen Münzen auf. Katinka half ihr grinsend.

»Macht dich der Gedanke an Tobias etwa nervös?«, fragte sie mit zuckersüßer Stimme.

»Quatsch! Wieso denn?« Kristin nahm Katinka zwei Zwanzig-Cent-Stücke aus der Hand, steckte sie in den Münzschlitz des Automaten und wählte einen Saft. Während sie zuschaute, wie der Becher sich füllte, zauberte sie ein Lächeln auf ihr Gesicht. »Aber selbst wenn es so wäre: Was wäre so schlimm daran?«

Sie nahm den Becher, drehte sich um und ließ ihre Freundin stehen.

»Äh, gar nichts«, versicherte Katinka, während sie sich beeilte, Kristin einzuholen. »Ich war nur neugierig.«

Kristin hielt ihr die Tür zum Klassenzimmer auf.

»Das ist ja nichts Neues bei dir«, erwiderte sie lachend.

Im Laufe des Vormittags ertappte Kristin sich dabei, dass sie tatsächlich ein paarmal an Tobias dachte. Sein Bild tauchte vor ihr auf. Die meergrünen Augen, der milde Spott darin. Sie erinnerte sich daran, wie er gestern mit ihr durch den Wald gelaufen war und die Pferde gesucht hatte, als wäre das vollkommen selbstverständlich für ihn gewesen. Kein anderer Junge, den Kristin kannte, hätte das für sie getan.

Sie unterdrückte ein Seufzen, während sie versuchte, den Ausführungen ihrer Englischlehrerin zu folgen. Tobias hatte irgendetwas an sich. Nicht nur, dass er ziemlich gut aussah und intelligent war. Er war auch total unkompliziert, konnte gut zuhören und das Wichtigste: Er mochte Pferde. Kristin war einfach gern mit ihm zusammen.

Als es endlich zum Unterrichtsschluss läutete, rief sie Katinka nur ein kurzes »Ciao!« zu und war die Erste, die aus der Klasse stürmte.

Während sie die Straße hinunterrannte, um den Bus nach Lindenburg zu erwischen, dachte sie nicht mehr an Tobias. Sie dachte an Zafira. Sie hatte das unbestimmte Gefühl, als würde die Stute auf sie warten.

Der Reiterhof machte einen verlassenen Eindruck, als Kristin dort ankam und über den geharkten Vorplatz ging. Fenster und Türen der Stallgebäude waren verschlossen. Nicoles rotes Auto stand nicht wie gewohnt vor dem Haus.

»Das ist merkwürdig«, murmelte Kristin.

Unschlüssig blieb sie vor der Haustür stehen und dachte nach. Dann hellte sich ihre Miene auf. Sie schob ihren Rucksack hinter einen Blumenkübel und ging um das Haus herum. Neben dem gemauerten Rand eines Brunnens saß ein Frosch aus Keramik. Kristin hob ihn hoch, drehte ihn um und grinste.

»Danke, liebe Nicole, dass du mir das Versteck verraten hast!«, sagte sie, während sie von der Unterseite des Frosches einen mit Klebeband befestigten Schlüssel löste. Es war der Ersatzschlüssel für den Stall. Nicole hatte sich das Versteck vor einiger Zeit ausgedacht. »Für den Notfall«, hatte sie damals gesagt.

»Na, wenn das heute kein Notfall ist!« Kristin stellte die Figur wieder auf den Brunnenrand. Sie musste auf die Toilette. Außerdem sollte sie heute Askan bewegen, und dazu brauchte sie seine Sachen aus der Sattelkammer. Vergnügt ging sie los.

Zafira und Tintoretto standen auf der Koppel und grasten in einer Senke, wo der Klee besonders saftig war und dicht wuchs. Zafira hob den Kopf und brummelte. Tintoretto schüttelte nur die Mähne und fraß in Ruhe weiter.

»Hey, Zafira!«, rief Kristin und winkte.

Zafira wieherte noch einmal. Dann kam sie angetrabt und machte am Gatter halt, wo Kristin stand und ihr mit der Hand unter den Schopf fuhr. »Du hast wohl schon auf mich gewartet?«

Zafira rieb ihren Kopf an Kristins Schulter und prustete. Ihre Mähne fiel zur Seite. Wieder bemerkte Kristin die kahle Stelle auf der Stirn. Sie wollte vorsichtig darüberstreichen. Zafira warf blitzschnell den Kopf hoch und wich zurück. Kristin erschrak.

»Schon gut«, raunte sie der Stute zu. »Ich will dir doch nichts tun.«

Zafira blieb stehen. Kristin erwiderte den Blick der Stute, bis die sich irgendwann umdrehte und zurück zu Tintoretto ging.

»Bis später, du merkwürdiges Pferd!«, rief Kristin ihr hinterher.

Sie lief zum Stall, schloss auf und schob schwungvoll die breite Tür zur Seite.

Die meisten Pferde standen draußen. Die wenigen, die in ihren Laufboxen geblieben waren, hoben ihre Köpfe und wieherten.

»Hallo, ihr Hübschen!« Kristin ging von Box zu Box, um jedes Pferd zu begrüßen und Streicheleinheiten zu verteilen.

Von allen Seiten wurden ihr Nasen entgegengestreckt. Kristin fand es schön, allein im Stall zu sein. Es fühlte sich fast an, als würde er ihr gehören.

Ein eigener Stall voller Pferde. Was für eine traumhafte Vorstellung, dachte sie lächelnd. Sie verschwand kurz in der Toilette hinter der Sattelkammer und holte anschließend Askans Sattelzeug, als ihr ein Zettel in die Hände fiel, der unter dem Sattelblatt steckte. Es war eine Nachricht von Nicole.

Liebe Kristin!
Ich habe einen Zahnarzttermin in der Stadt. Den Reitkindern hab ich für heute abgesagt. Du bist also ganz allein auf dem Hof. Mach einen Ausritt mit Askan, wenn du magst, und vergiss nicht, abzuschließen, bevor du gehst.
Danke und liebe Grüße!
Nicole
PS: Tobias hat das Buch übrigens gefunden. Es liegt auf dem Tisch in der Sattelkammer. Falls du Lust hast, darin zu lesen, hat er gesagt. ☺

Kristin konnte sich ein kleines Grinsen nicht verkneifen. Als ob sie sich hinsetzen und das Buch lesen würde. Sie konnte ja nicht mal die Buchstaben entziffern, und aus dem Alter, sich nur die bunten Bilder anzugucken, war sie auch heraus.

Trotzdem trat sie an den Tisch und betrachtete das Buch. Es lag dick und schwer vor ihr und schien nur darauf zu warten, aufgeschlagen und gelesen zu werden.

Kristin streckte die Hand aus und berührte den brüchigen Einband. Fast befürchtete sie, das Buch könnte unter ihrer Berührung zu Staub zerfallen, so alt und mürbe wirkte es. Ein Sonnenstrahl fiel durch das Fenster. Staubkörnchen tanzten in der Luft. Plötzlich wieherte ein Pferd. Ein anderes trat gegen seine Boxentür. Kristin zuckte zusammen und nieste.

»Vielleicht komme ich später auf dich zurück«, sagte sie zu dem Buch. »Jetzt sind erst mal die Pferde dran!«

Askan war der Pferde-Opa auf dem Hof. Mit über zwanzig Jahren war er als Schulpferd längst im Ruhestand, aber ruhige Spaziergänge und Ausritte liebte der Rotfuchs nach wie vor. Er trat von einem Huf auf den anderen, als könnte er es kaum erwarten, endlich herauszukommen.

»Ja, mein Guter. Gleich geht's los.« Kristin tätschelte seinen kurzen, kräftigen Hals und streifte ihm ein Halfter über.

In der Stallgasse striegelte sie ihn gründlich über, bürstete seinen Schweif, kämmte die Mähne und kratzte zum Schluss die Hufe aus. Zufrieden musterte sie ihr Werk.

Aus einem Spind holte sie ihre Reithose und die Stiefel, die sie hier aufbewahrte, und schlüpfte hinein. Dann sattelte sie Askan, trenste ihn auf und führte ihn schließlich hinaus in den Sonnenschein.

Askan hob den Kopf. Seine Nüstern weiteten sich. Er ließ ein schmetterndes Wiehern hören. Aus dem Stall kam postwendend

Antwort. Kristin tat es leid, dass sie nicht alle Pferde mitnehmen konnte, aber sie würde mit Askan schon genug zu tun haben. Trotz seines Alters führte er sich wie ein junges Pferd auf. Er tänzelte, schlug mit dem Schweif und schnaubte erschrocken, als eine Schwalbe zwitscherte.

»Hey, beruhig dich mal!« Kristin zog den Sattelgurt nach und zog die Steigbügel herunter. Im Stillen fragte sie sich, wie lange Askan wohl nicht bewegt worden war. Er ging nur noch stundenweise auf die Koppel, weil er an Arthrose litt. Geritten wurde er auch nur selten. Es fehlte ihm eindeutig an Bewegung.

»Warum immer ich?«, stieß Kristin hervor, als sie aufsaß und sich langsam in den Sattel gleiten ließ. Kaum hatte sie die Zügel aufgenommen und die Stiefelspitzen in die Steigbügel geschoben, drängte Askan vorwärts. Seine Ohren waren geradeaus gerichtet. Er kaute auf dem Trensengebiss und tänzelte mit kurzen Schritten seitwärts. Kristin hatte wirklich Mühe, ihn gerade zu richten und zu versammeln. Mit einer Faust die Zügel haltend gurtete sie noch einmal nach. Dann schnalzte sie mit der Zunge.

»Auf geht's!«, sagte sie und legte die Schenkel an.

Im versammelten Schritt verließen sie den Hof. Askans Hufe klapperten auf dem Asphalt, als sie auf die Landstraße einbogen. Kristin lenkte ihn auf den Grünstreifen neben der Fahrbahn. Askan entspannte sich. Er verlängerte seine Schritte. Kristin hielt die Zügel jetzt locker in der Hand, während der Wallach unter ihr voranbummelte. Ab und zu schnappte er nach einem Grashalm und prustete zufrieden.

Kristin setzte sich tiefer in den Sattel. Sie drehte sich um und sah über die Schulter. Zafira stand am Weidezaun und starrte ihr hinterher. Ihre Mähne flatterte. Plötzlich stampfte sie mit dem Vorderhuf auf und wieherte. Es hörte sich empört an.

»Bestimmt ist sie sauer, weil sie nicht mitkommen darf«, sagte Kristin zu Askan und fuhr ihm durch die Mähne. »Hauptsache, sie stellt nichts an. Ich sollte nachher einen Spaziergang mit ihr machen. Nicht, dass sie sich langweilt. Was hältst du übrigens von einem kleinen Trab?«

Sie fasste den Zügel wieder kürzer. Bereitwillig folgte Askan ihrem Kommando und trabte an.

Schon bald waren er und seine Reiterin aus Zafiras Blickfeld verschwunden – sehr zum Missfallen der Einhornstute, die noch einmal zornig wieherte.

Erst nach über einer Stunde kehrte Kristin zum Hof zurück. Sie hatte Askan locker bewegt, kurze Trabstrecken mit langen Schrittstrecken abgewechselt und ihn zum Schluss am langen Zügel heimwärts trotten lassen. Er hatte kaum geschwitzt, sein Fell war trocken, sein Atem ruhig. Kristin war sehr zufrieden.

Sie nahm Askan den Sattel und das Zaumzeug ab, putzte ihn leicht über und führte ihn in eine Außenbox. Zur Belohnung warf sie ihm einen Armvoll Wiesenheu vor und legte noch ein paar Rübenschnitze dazu, bevor sie ihn verließ.

»Mach's gut, mein Lieber«, sagte sie lächelnd zum Abschied. »Bis bald und danke für den schönen Ritt!«

Sie holte eine Flasche Mineralwasser aus dem Kühlschrank und schlenderte damit über den Hof. Vor der Reithalle lag eine der Stallkatzen und ließ sich die Sonne aufs Fell scheinen. Sie gähnte und ließ sich nicht stören, als Kristin an ihr vorbeiging.

Im Schatten eines Weidenbaumes setzte sich Kristin ins Gras und trank einen Schluck Wasser. Zafira und Tinto standen in einiger Entfernung und verscheuchten mit trägem Wedeln ihrer Schweife die lästigen Fliegen und Bremsen.

Kristin schmunzelte über das ungleiche Paar.

Die schmale Schimmelstute und der muskulöse Rappe rupften einträchtig dicke Grasbüschel aus, zermahlten und zerkauten sie. Kristin sah die Bewegung der Muskeln unter dem dünnen Sommerfell der beiden.

Die zwei haben sich gesucht und gefunden, dachte sie bei sich. Den aufkeimenden Gedanken, dass die Pferde und sie sich vielleicht schon bald wieder voneinander trennen mussten, verscheuchte sie sofort. Der Tag war zu schön für traurige Überlegungen.

Sie streckte sich im Gras aus, blinzelte in die Sonne und fühlte sich träge und entspannt. Behaglich seufzend klappte sie die Augen zu und wäre um ein Haar eingenickt, hätte nicht das Geräusch von knirschenden Autoreifen auf Kies und das Brummen eines Motors ihre Aufmerksamkeit geweckt.

Sie setzte sich hin und verrenkte sich fast den Hals, um etwas zu sehen, aber ein tief hängender Zweig versperrte ihr die Sicht auf den Hof. Als der Motor verstummte und kurz darauf eine Autotür klappte, stand sie auf, um nachzusehen. Schließlich trug sie die

Verantwortung für alles hier, solange Nicole nicht da war. Vielleicht war es sogar Nicole?

Kristin war überrascht, als sie sah, was für ein Auto vor dem Stall parkte. Es war nicht Nicoles Kleinwagen, sondern ein Streifenwagen der Polizei. Ein mittelalter Mann in Uniform schaute sich suchend rum.

»Hallo! Kann ich Ihnen vielleicht helfen?«, rief Kristin.

Der Polizist drehte sich um. Er trug ein kurzärmeliges Hemd und hatte sich die Dienstmütze unter den Arm geklemmt. Er sah ganz nett aus, fand Kristin und ging auf ihn zu.

»Ich wollte eigentlich zu Frau Zimmermann«, sagte er lächelnd. »Ist sie da?«

»Leider nicht. Kann ich ihr etwas ausrichten?« Kristin stellte sich mit ihrem Namen vor und studierte gleichzeitig das Namensschild auf der Brusttasche. Der Polizist hieß D. Rittberger.

D wie doppelter Rittberger, dachte Kristin. Wie passend ...

»Ich bin gerade hier vorbeigekommen und wollte nur mal schauen, ob es etwas Neues von Frau Zimmermanns Findelkind gibt.«

Kristin zuckte leicht zusammen.

»Meinen Sie die kleine Stute? Die Schimmelstute, die seit ein paar Tagen hier untergebracht ist?«

»Genau. Ich war dabei, als sie eingefangen wurde.« Herr Rittberger zupfte an einem Ohrläppchen. »Die hat uns das Leben ganz schön schwer gemacht und sich mit allen vier Hufen gewehrt.« Er lachte, während er seinen Blick über den Hof schweifen ließ.

»Gibt es denn bei Ihnen was Neues?«, fragte Kristin neugierig. »Hat sich jemand gemeldet oder konnten Sie den Besitzer ausfindig machen?«

»Kein Hinweis, keine Spur. Nichts.« Der Polizist zuckte mit den Schultern. »Schon merkwürdig. Es ist doch ein nettes Pferd. Das muss doch irgendwo hingehören.«

Kristin nickte wortlos. Ihr Herz schlug schneller.

Das ist gut, dachte sie. Solange sich kein Eigentümer meldet, kann Zafira hierbleiben!

»Frau Zimmermann hat also auch nichts in Erfahrung gebracht?« Herr Rittberger ging zu seinem Auto, blieb stehen und öffnete die Fahrertür.

»Nein, gar nichts«, antwortete Kristin freundlich lächelnd. »Aber sie wird sich bestimmt bei Ihnen melden, sobald sich etwas tut. Ein Pferd kann ja schließlich nicht einfach so vom Himmel fallen.«

Sie biss sich schnell auf die Zunge. Hatte sie das wirklich gerade gesagt? Zu einem Polizisten?

Herr Rittberger lachte. Es klang fast wie ein Wiehern. Dann stieg er in den Wagen. »Es gibt nichts, das es nicht gibt«, sagte er zum Abschied. »Schöne Grüße an Frau Zimmermann!«

Er startete den Motor. Der Streifenwagen rollte über den Kies vom Hof. Kristin blieb stehen und betrachtete die Staubwolke, die er aufgewirbelt hatte.

»Es gibt nichts, das es nicht gibt«, wiederholte sie die Worte des Polizisten.

Nachdenklich ging sie los, um ein Halfter aus dem Stall zu holen. Auf der einen Seite war sie erleichtert, dass Zafiras Besitzer anscheinend kein Interesse daran hatte, sein Pferd zurückzubekommen. Auf der anderen Seite wunderte sie sich sehr darüber. Denn das hatte ein Pferd wie Zafira nicht verdient. Kein Pferd verdiente das.

Wie kann es sein, dass Zafira nicht vermisst wird?, fragte sie sich. Warum sucht niemand nach ihr?

»Das ist wirklich seltsam«, murmelte sie.

Ihr Blick wanderte hinüber zur Koppel, wo Zafira mit erhobenem Kopf und gespitzten Ohren stand und geradewegs zu ihr herüberschaute.

»Eines Tages werde ich wissen, was dein Geheimnis ist«, sagte Kristin leise. »Eines Tages ...«

In der Sattelkammer wählte sie ein Lederhalfter in passender Größe und eine Führleine mit Karabinerhaken aus. Sie war sich nicht sicher, ob Zafira ihr wieder so brav folgen würde. Dass sie die Gelegenheit nutzte, um noch einmal auszureißen, wollte sie jedenfalls nicht riskieren.

Beim Hinausgehen warf sie einen Blick auf die Stalluhr. Sie hatte noch genug Zeit, um einen schönen Spaziergang mit Zafira zu machen.

Gewissenhaft schloss sie die Stalltür hinter sich ab und schob den Schlüssel in die Tasche ihrer Reithose. Den Anflug eines schlechten Gewissens wegen unerledigter Hausaufgaben schob sie beiseite. Die Aufgaben konnten ruhig bis zum Abend warten.

Als sie das Weidegatter öffnete, schossen zwei Pferdeköpfe gleichzeitig in die Höhe. Tintoretto wieherte. Zafira spitzte die Ohren.

»Zafira«, rief Kristin. Sie streckte die flache Hand aus, als hätte sie ein Leckerli darin. Mit der anderen Hand hielt sie das Halfter hinter dem Rücken verborgen. »Hast du Lust auf einen Ausflug?«

Tintoretto senkte den Kopf und graste weiter, wobei er die ganze Zeit in Kristins Richtung schielte. Offenbar fühlte er sich nicht angesprochen, aber neugierig war er doch.

Zafira zögerte nicht lange und kam freudig an den Zaun getrabt. Es schien fast, als hätte sie nur darauf gewartet, dass endlich etwas passierte. Sie stieß Kristin immer wieder mit der Nase an und schnoberte an ihr herum. Kristin tat es leid, dass sie keinen Apfel oder einen anderen Leckerbissen dabeihatte.

»Du bekommst später was«, versprach sie, während sie Zafiras Schulter kraulte.

Das Einhorn ließ sich bereitwillig das Halfter überstreifen. Kristin achtete darauf, die empfindliche Stelle auf der Stirn nicht zu berühren.

»Du bist wirklich gut erzogen«, sagte sie lobend. »Ich wüsste zu gern, von wem.«

Sie schloss die Schnallen und klinkte die Führleine ein.

»Komm, Kleine! Ich putz dich nur schnell über und dann geht's los!«

Eine Viertelstunde später führte Kristin die Schimmelstute vom Hof. Zafiras unbeschlagene Hufe klapperten auf dem Asphalt. Sie hielt sich dicht neben Kristin und wandte interessiert den Kopf hin und her, damit ihr ja nichts entging.

Kristin freute sich, wie brav sie am Halfter ging. Immer wieder fuhr sie mit der Hand unter die lange Mähne, klopfte Zafiras Hals und lobte sie.

»Ich wünschte, du würdest mir gehören«, sagte sie leise. So ein Pferd wie dich habe ich mir immer gewünscht.«

Ich gehöre niemandem, erwiderte Zafira. *Einhörner sind niemandes Besitz.*

Kristin vernahm ein leises Rauschen – wie vom Wind oder vom Wellengang am Meer. Etwas summte hell in ihren Ohren.

Sie hob den Kopf und schaute sich verwirrt um. Die Blätter an den Bäumen bewegten sich nicht. Es war ein sonniger, absolut windstiller Tag.

Hörst du mir zu, Menschenkind?, fragte Zafira. Sie zupfte an Kristins Reithose. *Wir müssen reden!*

»Ja, klar. Worüber denn?« Kristin blieb abrupt stehen.

Na, endlich! Zafira seufzte. Mit spitzen Lippen knabberte sie an der geflochtenen Führleine und machte ein vorwurfsvolles Gesicht. *Dieses blöde Ding hättest du ruhig weglassen können. Es ist für ein Einhorn ziemlich unwürdig, gefesselt zu sein. Ich würde dich auch so begleiten.*

Kristin schob die Augenbrauen zusammen und fasste sich an den Kopf. Dieses seltsame Rauschen, dieses Summen, dieses –

»Dieses Pferd!«, rief sie und trat einen Schritt zurück. Sie starrte Zafira an und stammelte: »D-du ...«

Hast du dich immer noch nicht daran gewöhnt, dass du meine Gedanken lesen kannst?, fragte Zafira. *Du solltest dich nicht dagegen wehren. Du sprichst die Sprache der Einhörner!*

»Ja, klar. Sicher.« Kristin kicherte. Es hörte sich ziemlich hysterisch an, das war ihr bewusst. Zum Glück war niemand in der Nähe, der sie hörte. »Moment mal! Ich stehe hier auf einer verlassenen Landstraße und unterhalte mich mit einem Pferd, das behauptet, ein Einhorn zu sein. Das ist, ich weiß auch nicht ... total verrückt!«

Sie nahm den Zügel kürzer und wollte weitergehen, doch Zafira machte die Vorderbeine steif und blieb wie ein störrischer Esel stehen.

Nix da! Wir gehen erst weiter, wenn du versprichst, mir zuzuhören!

»Wenn du so bockig bist, kehren wir am besten gleich wieder um!«, schimpfte Kristin. Sie zog noch etwas fester, aber Zafira blieb stur. »Okay, wie du willst. Dann bleibst du eben hier.«

Kristin ließ die Führleine fallen und stapfte entschlossen zurück.

»Hoffentlich wache ich bald auf«, brummte sie und kickte mit der Spitze ihres Reitstiefels einen Stein vor sich her. »Was für ein blöder Traum!«

Sie hatte die Zufahrt zum Reiterhof schon fast erreicht, als hinter ihr Hufe trappelten. Kristin grinste. Traum hin oder her: Kein Pferd ertrug es, irgendwo alleine zurückgelassen zu werden.

Sie blieb stehen und drehte sich langsam um.

»Hast du es dir anders überlegt?«, fragte sie mit zuckersüßer Stimme. Sie streckte die Hand aus.

Nein! Überhaupt nicht!, kam die Antwort.

Kristin stolperte erschrocken rückwärts.

Was ging hier vor? Hatte sie einen Sonnenstich? Zu wenig getrunken? Oder wurde sie verrückt?

Wir müssen wirklich reden! Bitte, Menschenmädchen! Zafira stand vor ihr, mit lose baumelndem Führstrick und tief gesenktem Kopf. *Bitte*, wiederholte sie eindringlich. *Hör mir endlich zu!*

Kristin räusperte sich. »Aber, aber ... das kann doch nicht wahr sein, oder?« Sie hob die Hände und ließ sie gleich wieder sinken. Sie sah Zafira an und schaute direkt in die dunklen Augen. Ihre Stimme wurde zu einem Flüstern, als sie sagte: »So etwas gibt es nicht!«

Zafira hob den Kopf. Ihre Augen funkelten. Eine Träne tropfte aus dem Augenwinkel. Sie wurde zu einer Perle, die in den Straßenstaub kullerte. Das Sonnenlicht brach sich darin. Sie glitzerte wie ein Stern, der auf die Erde gefallen war.

Kristin bückte sich und hob die Perle auf, um sie von allen Seiten zu betrachten. Ihre Augen wurden groß. Die Hand, die die Perle hielt, zitterte.

Glaubst du mir jetzt?, fragte Zafira.

Kristin starrte die Perle an, dann Zafira. Sie schloss die Finger zur Faust und öffnete sie wieder. Die Perle war noch da. Sie war tatsächlich da.

»Aber wie –«, setzte Kristin an und verstummte.

Lass uns in den Wald gehen, schlug Zafira vor. *Das ist ein guter Ort, um dir alles zu erzählen. Nimm mir nur vorher bitte dieses Ding ab. Es juckt fürchterlich!*

Sie schüttelte den Kopf mit dem Halfter.

Kristin ließ die Perle in die Hosentasche gleiten und nahm Zafira das Halfter ab. Ihre Finger zitterten immer noch. Das Herz schlug ihr bis zum Hals.

»Entspann dich. Es gibt nichts, das es nicht gibt«, murmelte sie vor sich hin.

Ah, so ist es viel besser, sagte Zafira zufrieden. *Und jetzt lass uns gehen!*

Kristin beschloss, sich nicht darüber zu wundern, dass Zafira sie in den Wald führte und ihr wie eine gute Gastgeberin ein paar Erdbeeren von dem wilden Strauch am Wegesrand anbot, die sie dankend ablehnte.

Sie wunderte sich auch nicht darüber, dass Zafira sie zum See brachte. Zum Einhornsee, wie Tobias ihn genannt hatte.

Nein, Kristin wunderte sich über gar nichts mehr. Wie in Trance stolperte sie hinter der Stute her und fühlte sich, als hätte sie jemand in weiche Watte gepackt.

Es ist nur ein Traum, sagte sie sich immer wieder in Gedanken. Jede Sekunde klingelt der Wecker und ich wache auf.

Hier ist es richtig, sagte Zafira schließlich. Sie watete in den See, senkte den Kopf und stillte ihren Durst. Als sie Kristin anschaute, tropfte Wasser von ihrem Kinn. *Hast du gar keinen Durst, Menschenmädchen?*

»Was? Wer? Ich?«, fragte Kristin schrill. »Nein, danke. Im Moment nicht. Vielleicht später, danke.«

Sie schaute sich um und entdeckte einen flachen Stein, auf den sie sich setzte, um darauf zu warten, was wohl als Nächstes passieren würde.

»Wahrscheinlich tanzen die Frösche im Schilf gleich Breakdance«, murmelte sie leise kichernd. »Oder die Bäume fangen an zu singen.«

Nichts dergleichen geschah.

Die Frösche quakten und hüpften wie sonst auch. Die hohen Bäume standen still und unbeweglich wie Wächter um den See herum.

Nur Zafira fing an zu summen. Aber das überraschte Kristin nicht. Warum sollte ein Pferd, das denken und sprechen konnte, nicht auch summen?

Nachdem sie eine Weile zugeguckt hatte, wie Zafira ihr eigenes Spiegelbild im See bewunderte, fragte sie: »Erzählst du mir jetzt deine Geschichte?«

Zafira hörte auf zu summen und nickte.

Du sitzt, stellte sie fest. *Das ist gut. Denn was ich dir jetzt erzähle, wird dich wahrscheinlich umhauen.*

»Keine Angst«, erwiderte Kristin trocken. »So schnell haut mich heute nichts mehr um.«

Sie prustete leise.

Zafira fing an zu erzählen.

Zuerst klang sie ein wenig stockend, weil die Erinnerungen sie überwältigten. Doch dann sprach sie immer flüssiger.

Sie erzählte von Oberon, dem Vater aller Einhörner. Ihre Augen fingen an zu leuchten. Sie berichtete von ihren Schwestern und

Brüdern, die sie zurückgelassen hatten. Von der Anderen Welt, der Welt der Einhörner, deren Tor für sie verschlossen war.

Kristin hörte wie gebannt zu. Sie sagte kein Wort, stellte keine Fragen und wagte kaum zu atmen. Sie hockte auf diesem kalten Stein mitten im Wald und lauschte den Worten eines jungen, schneeweißen Pferdes.

Je länger sie Zafira zuhörte, desto unwirklicher wurde alles um sie herum. Der Wald schien vor ihren Augen zu schrumpfen. Der See verschwamm.

Plötzlich sah Kristin weite Täler, grüne Wiesen, schneebedeckte Berggipfel und leuchtende Regenbogen, die sich darüber spannten.

Sie sah Sternschnuppen, die vom Himmel fielen und mit leisem Zischen verlöschten.

Und sie sah Einhörner. Einhörner, die genauso jung und weiß und schön waren wie Zafira.

Sie galoppierten über die Wiesen und spielten miteinander. Sie jagten sich gegenseitig zum Spaß. Ihre Mähnen flatterten im Wind und aus ihren Hörnern sprühten Freudenfunken. Es gab keine Zäune und keine Hindernisse. Es gab auch keine Menschen, keine Ställe, keine Städte, keine Straßen, keine zerstörte Umwelt. Es war wie ein Paradies. Zu märchenhaft, um wahr zu sein.

Kristin schluckte. Die Bilder waren schöner als alles, was sie in ihrem Leben gesehen hatte. Es war wie ein Traum und doch viel klarer.

Als Zafira sie irgendwann sanft anstupste, bemerkte Kristin, dass sie geweint hatte. Schnell fuhr sie sich mit dem Handrücken übers Gesicht.

»Es ist kein Traum, oder?«, fragte sie. »Du bist wirklich ein Einhorn. Alles, was du sagst, ist wahr.«

Sie fühlte nach der Perle in ihrer Hosentasche. Sie war noch da. Kristin nahm sie heraus. Rund und glänzend ruhte sie in ihrer Handfläche. Sie funkelte und schimmerte.

»Wie aus einer anderen Welt«, flüsterte Kristin.

Zafira nickte.

Kristin konnte den grasigen Duft der Stute riechen und die Körperwärme spüren, die von ihr ausging. Gedankenverloren strich sie über das gelockte Fell.

Ja, es stimmt. Ich bin ein Einhorn, sagte Zafira. *Ein Einhorn aus der Anderen Welt. Das letzte auf Erden, leider. Unsere Tränen werden zu Perlen. Wer sie findet, wird an uns glauben. Und wer an uns glaubt, hat die Macht, uns zu helfen, wenn wir in Not sind. Du kannst mir helfen. Du bist ein besonderes Menschenkind. Du hast ein Herz aus Gold.*

Kristin stand auf. Sie wanderte hin und her und versuchte, einen klaren Gedanken zu fassen.

Irgendwann blieb sie stehen, raufte sich die Haare und fragte: »Was kann ich schon Großartiges tun? Ich bin nur ein normales vierzehnjähriges Mädchen, das bei seiner Mutter lebt, zur Schule geht und …«

Sie sprach nicht weiter. Ihr wurde klar, dass gar nichts mehr normal war. Okay, sie war immer noch vierzehn. Sie würde auch weiter bei ihrer Mutter wohnen und zur Schule gehen. Aber das, was sie hier, in diesem Moment und an diesem Ort, erlebte, änderte einiges. Es war nichts mehr wie vorher. Sie fühlte sich verändert. Vielleicht sogar ein bisschen verzaubert.

Wie oft hatten sich ihre Lehrer und Eltern über ihren ausgeprägten Realitätssinn gewundert. Schon als kleines Mädchen hatte sie nicht wirklich an Märchen geglaubt. Es waren für sie nur ausgedachte Geschichten gewesen, die nichts mit der Wirklichkeit zu tun gehabt hatten.

Und jetzt?

Sollte sie plötzlich wirklich an Einhörner glauben?

An eine fremde Welt? Eine Art paradiesisches Paralleluniversum? Ausgerechnet sie, Kristin Brinkhorst?

Sie seufzte. Es klang fast wie ein Stöhnen. Dann drückte sie den Rücken durch und straffte die Schultern.

»Na gut«, sagte sie zu Zafira. »Schieß los: Was genau soll ich tun?«

Der Nachmittag verging. Es war schon fast früher Abend, als Kristin und Zafira endlich aufbrachen und den Wald verließen. Die Einhornstute hatte Kristin um Geduld gebeten. Sie mussten auf ein Zeichen warten. Auf eine Nachricht von Oberon.

Dann wirst du erfahren, wie du mir helfen kannst, sagte Zafira kurz bevor sie den Hof erreichten. *Bis dahin lies einfach das Buch.*

»Welches Buch?«, fragte Kristin irritiert.

Das große Buch über das Leben und Wirken der Einhörner, erwiderte Zafira. *Das dem Jungen gehört, diesem Tobias. Porta augura, luna lamura. Du weißt schon. Ich hab's im Wald liegen sehen. Es ist gut. Du wirst eine Menge interessante Sachen darin finden.*

»Aber ich kann ja nicht mal die Schrift entziffern«, erwiderte Kristin. Es kam ihr inzwischen ganz selbstverständlich vor, dass sie sich mit einem Pferd unterhielt. »Wie soll ich es dann lesen?«

Natürlich kannst du die Schrift entziffern, entgegnete Zafira. *Vertrau mir. Aber jetzt sollten wir lieber still sein. Da vorne steht die Pferdefrau. Wir reden später weiter.*

Kristin schaute auf. Tatsächlich, an der Eingangstür zu ihrem Wohnhaus stand Nicole und winkte.

Kristin winkte zurück.

»Wenn die wüsste, was ich weiß«, murmelte sie halblaut.

Vermutlich würde sie in Ohnmacht fallen. Das Einhorn lachte leise in sich hinein. *Nicht jeder Mensch ist stark genug für die Magie der Einhörner.*

»Das glaub ich dir aufs Wort«, sagte Kristin und grinste.

Nicole begrüßte sie nur kurz. Sie hatte eine unangenehme Wurzelbehandlung hinter sich und war nicht in der Stimmung für längere Gespräche. Ihre rechte Wange war geschwollen. Die Betäubung wirkte noch.

»Bring die Kleine auf die Weide«, nuschelte sie. »Hattet ihr einen schönen Tag?«

»Bestimmt schöner als deiner«, meinte Kristin mitfühlend.

Es kam ihr ganz gelegen, dass Nicole nicht weiter nachhakte, wie sie den Nachmittag verbracht hatte. In knappen Sätzen berichtete sie von dem Ausritt mit Askan, dem Besuch des Polizisten und dem Spaziergang mit Zafira.

Nicole hörte nur zerstreut zu.

»Entschuldige«, sagte sie. »Mir brummt der Schädel.«

»Kann ich irgendwas für dich tun?«, fragte Kristin. »Brauchst du was?«

Nicole fasste sich an die Wange und schüttelte vorsichtig den Kopf. »Nein, danke. Wenn du ein bisschen Zeit hast, kannst du noch ein paar Boxen ausmisten und die Pferde füttern. Den Rest erledige ich später.« Sie lächelte gequält, drehte sich um und verschwand im Haus.

»Gute Besserung!«, rief Kristin ihr hinterher.

Sie brachte Zafira auf die Koppel, wo Tintoretto schon sehnsüchtig wartete, und strich beiden Pferden zum Abschied über die Kruppen.

»Du, sag mal«, raunte sie Zafira ins Ohr. »Kann man Einhörner eigentlich reiten?«

Bei Oberon, nein!, brauste Zafira entsetzt auf. *Wir sind freie, ungebundene Lebewesen. Niemand darf sich über uns erheben, uns zu Arbeitstieren machen oder uns reiten.* Das letzte Wort spuckte sie förmlich aus. *Kein Sattel hat jemals den Rücken eines Einhorns berührt!*

»War ja nur so 'ne Idee«, brummte Kristin. »Hätte doch sein können, oder?«

Na ja, meinte Zafira etwas versöhnlicher. *Vielleicht liegt es einfach daran, dass es noch keiner versucht hat. Bis jetzt jedenfalls*, fügte sie vielsagend hinzu.

»Du meinst ...« Kristin hob eine Augenbraue.

Ich meine gar nichts, entgegnete Zafira.

Sie drehte sich um und bummelte mit Tintoretto davon. In der Senke fingen sie beide an zu grasen. Kristin blieb zurück.

»Tschüss, bis morgen!«, rief sie und verschwand im Stall.

In Windeseile mistete sie Boxen aus, fuhr Schubkarren voller Mist nach draußen und rollte mit dem Futterwagen durch die Stallgasse. Jedes Pferd erhielt eine feste Ration. Nur Askan bekam ausnahmsweise ein bisschen mehr.

Nachdem sie Heu- und Strohballen geschleppt, verteilt und die Stallgasse blitzsauber gefegt hatte, zog Kristin sich um, wusch sich Gesicht und Hände und schaute sich zufrieden um.

»Perfekt!«, stellte sie fest.

Sie warf einen letzten Blick auf die Uhr.

»Das Buch!«, rief sie.

Fast hätte sie Tobias' Einhornbuch liegen lassen!

Sie rannte in die Sattelkammer. Das Buch lag auf dem staubigen Tisch. Kristin hob es auf und wunderte sich wieder darüber, wie leicht es war – trotz des dicken Ledereinbands und der mindestens tausend Seiten Umfang. Sie schob es in ihre Umhängetasche und machte sich auf den Weg zur Bushaltestelle.

Zu Hause fand sie eine Notiz von ihrer Mutter:

Liebe Kristin,
ich bin noch beim Yoga. Mach dir ruhig schon das Essen warm.
Du musst nicht auf mich warten.
Küsschen, Mama

»Wenn ich das gewusst hätte, hätte ich auch einen späteren Bus nehmen können«, grummelte Kristin.

Sie schaltete das Radio an, das in der Küche stand. Hunger hatte sie nicht, obwohl sie seit dem Frühstück kaum etwas gegessen hatte. Trotzdem warf sie einen Blick in den Kühlschrank, holte eine frische Packung Milch heraus und schnappte sich einen Apfel aus dem Obstkorb.

Sie ging ins Wohnzimmer, knabberte den Apfel bis auf das Kerngehäuse ab, trank die Milch direkt aus dem Karton und betrachtete dabei das alte Buch, das sie vor sich auf den Tisch gelegt hatte.

Mit den Fingerspitzen fuhr sie über das alte Leder. Es fühlte sich weniger rau und trocken an, als es aussah. Im Gegenteil, es war warm und weich. Ganz kurz hatte Kristin das Gefühl, als ob das Buch unter ihrer Berührung atmen würde. Es schien sich gegen ihre Hand zu schmiegen wie eine Katze.

Sie erschrak. Ihr erster Impuls war, die Hand zurückzuziehen. Aber das Gefühl war nicht unangenehm.

»Reiß dich zusammen«, murmelte sie. »Es wird dich schon nicht beißen!«

Sie dachte daran, was sie an diesem Tag schon alles erlebt hatte. Unter anderem ein sprechendes, ziemlich vorlautes Einhorn, das ihr eine unglaubliche Geschichte erzählt hatte. Da würde ein altes Buch sie wohl nicht mehr überraschen können. Neugierig schlug sie die erste Seite auf.

Da war sie wieder, die unleserliche Schnörkelschrift ...

»Ich hab's gewusst!« Kristin stöhnte auf. »Kein Schwein kann das lesen! Außer, es hat vielleicht Kryptologie studiert.«

Du kannst es lesen, hörte sie plötzlich Zafiras Stimme. *Du kannst es. Ich weiß es.*

»Oh, Mann ...« Kristin beugte sich vor und starrte auf die Buchstaben. Sie verschwammen vor ihren Augen, bis sie plötzlich eine Veränderung bemerkte. Die Anfangs- und Großbuchstaben in dem Text bestanden nicht aus irgendwelchen Schnörkeln. Nein, sie waren aus vielen winzig kleinen Einhörnern zusammengesetzt!

Jeder einzelne große Buchstabe in dem Buch bestand aus sorgfältig gezeichneten Miniatureinhörnern. Sie bildeten die Buchstaben, indem sie sich an Huf oder Schweif berührten. Die kleineren Buchstaben und Zahlen waren als filigrane Schlingpflanzen dargestellt, als feine Linien mit hauchzarten Blättern und Blüten.

Hatte man das Muster erst einmal durchschaut und gab man den Augen ein bisschen Zeit, um sich darauf einzustellen, war die Schrift tatsächlich gut zu entziffern.

»Wahnsinn!« Kristin riss die Augen auf. »Wieso ist mir das nicht gleich aufgefallen?«

Aufgeregt konzentrierte sie sich auf die Einhörner, die ein unbekannter Künstler in der Vergangenheit mit einem haarfeinen Pinsel oder einer spitzen Feder zu Papier gebracht hatte. Die Einhörner waren perfekt bis ins kleinste Detail. Mit einem Mal war es leicht, die einzelnen Buchstaben zusammenzufügen, die Wörter zu lesen und die Sätze zu entziffern.

»Ich glaube fast, ihr wollt mir helfen«, sagte Kristin zu den winzigen Einhörnern.

Eines schien ihr tatsächlich kurz zuzuzwinkern, aber das bildete sie sich wahrscheinlich nur ein.

Sie schüttelte lächelnd den Kopf und vertiefte sich in die kunstfertige Zeichnung eines alten Einhornhengstes. Während sie den Text darunter studierte, dudelte plötzlich ihr Handy. Sie zuckte zusammen. Es dauerte ein paar Sekunden, bis sie erkannte, woher das Geräusch kam.

»Hallo?«, meldete sie sich. »Hier ist Kristin.«

»Und hier ist Tobias!«, kam es fröhlich aus dem Hörer. »Stör ich?«

Kristin warf einen Blick auf das Buch.

»Nein, überhaupt nicht«, sagte sie. »Ich lese gerade in deinem Einhornbuch.«

Sie konnte hören, wie Tobias langsam atmete.

»Du liest in meinem –«

»In deinem alten Märchenbuch, genau. Es heißt übrigens ›Die Magie der Einhörner‹, wenn ich nicht irre. Nur für den Fall, dass es dich oder deinen Onkel interessiert.«

Tobias schnappte hörbar nach Luft. »Du kannst es wirklich lesen?«

»Zuerst nicht, aber jetzt schon.« Kristin holte Zafiras Träne hervor und hielt die Perle ins Licht. Sie schimmerte in den Farben eines Regenbogens.

»Wenn man es erst mal gecheckt hat«, fuhr sie fort, »ist die Schrift gar nicht so kompliziert. Im Grunde besteht sie nur aus zig kleinen Einhörnchen.«

»Einhörnchen«, wiederholte Tobias tonlos.

»Ja, genau.« Kristin konnte nicht anders und kicherte. »Und zwar aus sehr vielen, sehr kleinen Einhörnchen.«

Tobias räusperte sich.

»Hast du vielleicht Zeit? Kann ich vorbeikommen?«

Kristin warf einen Blick auf das Display. Ihr fiel ein, dass sie noch Hausaufgaben machen musste.

»Klar, warum nicht«, sagte sie, ohne weiter zu überlegen. »Ich wohne in der –«

»Ich weiß, wo du wohnst«, unterbrach Tobias sie. »Ich hab im Schülerverzeichnis nachgeguckt. Da stehen fast alle Adressen und Telefonnummern drin. Auch deine. Oder bist du kürzlich umgezogen?«

»Äh, nö«, sagte Kristin.

»Klasse! Dann bis gleich!« Tobias legte auf.

Keine zehn Minuten später läutete es an der Wohnungstür.

»Hi!«, sagte Tobias. Sein Gesicht war gerötet, das Haar zerzaust. Er war außer Atem.

Kristin lugte an ihm vorbei ins Treppenhaus. »Wo ist denn Stromer?«

»Den hab ich lieber zu Hause gelassen«, erwiderte Tobias. »Ich bin mit dem Rad hier. Das ist ihm viel zu anstrengend. Außerdem wusste ich nicht, ob deine Eltern vielleicht was dagegen haben.«

Er stand vor Kristin und lächelte ein bisschen verlegen.

»Kein Problem. Mein Vater lebt woanders und meine Mutter ist noch nicht vom Yoga zurück.« Kristin lehnte im Türrahmen und lächelte ebenfalls.

»Cool. Äh, darf ich dann vielleicht reinkommen?«, fragte Tobias. »Oder wollen wir hier im Flur stehen bleiben?«

»Komm rein!« Kristin trat zur Seite und ließ ihn in den schmalen Flur. »Mein Zimmer ist gleich links. Ich hol nur schnell das Buch.«

Mit dem Einhornbuch unter dem Arm und in jeder Hand ein Glas Apfelsaft balancierend, kam Kristin zurück.

Tobias stand in ihrem Zimmer vor dem Schreibtisch und guckte sich die Fotos an, die an der Pinnwand klebten. Die meisten zeigten Kristin mit irgendeinem Pferd oder Pony. Auf einem longierte sie Tintoretto, auf einem anderen saß sie auf Askans Rücken. Ein weiteres zeigte sie beim Ausmisten in viel zu großen Latzhosen und Gummistiefeln. Verschwitzt, aber glücklich grinsend.

»Das gefällt mir am besten«, meinte Tobias und tippte auf das Foto. »Du siehst total happy aus, wie du da bis zu den Waden im Pferdemist stehst.«

Kristin stellte die Gläser ab und legte das Buch aufs Sofa.

»Oh Gott, ausgerechnet das?« Sie verdrehte die Augen. »Da hat mich Nicole wirklich im richtigen Moment erwischt!«

Tobias drehte sich zu ihr um. Sie standen so nah voreinander, dass Kristin sich ziemlich sicher war, seinen Herzschlag zu hören.

»Wir wollten uns doch das Buch angucken«, sagte sie lachend. »Oder?«

»Logo. Lass mal sehen, was du herausgefunden hast.«

Sie setzten sich nebeneinander auf das winzige Sofa. Kristin zog das Buch auf ihre Knie und schlug es auf. Tobias rückte ein Stück näher heran, um besser sehen zu können. Als Kristin umblätterte, berührten sich ihre Fingerspitzen.

Kurz darauf waren sie so in das Buch versunken, dass sie gar nicht hörten, wie die Wohnungstür aufgeschlossen wurde. Sie schauten erst auf, als Kristins Mutter laut rief: »Hallo! Niemand zu Hause?«

»Das ist nur meine Mam«, erklärte Kristin.

Tobias nickte und steckte seine Nase wieder in das Buch.

»Wahnsinn«, murmelte er. »Du hast recht: Wenn man das komische Gewirr der Buchstaben erst mal als das erkennt, was es ist, nämlich ein Muster aus kleinen Einhörnern, ist es eigentlich ganz leicht zu entziffern.«

»Sag ich doch!« Kristin grinste breit.

Die Zimmertür ging auf.

»Oh, Entschuldigung ... Du hast Besuch.« Frau Brinkhorst schaute um die Ecke. Sie musterte Tobias neugierig. »Lasst euch nicht stören.«

»Sie stören überhaupt nicht«, versicherte Tobias charmant.

Fehlt nur noch, dass er aufspringt und ihr einen Handkuss gibt, dachte Kristin.

»Tobias und ich erledigen nur ein paar Hausaufgaben für eine AG«, sagte sie. Sie bemerkte, dass ihre Mutter einen sehr interessierten Blick auf das Buch warf. »Es geht um Fabelwesen, Drachen, Einhörner und solche Sachen.«

»Ja, genau.« Tobias strahlte. »Es ist eine Märchen-AG!«

»Ach, wie schön.« Kristins Mutter zog den Kopf wieder zurück. Bevor sie die Tür schloss, sagte sie noch: »Viel Spaß bei der Arbeit. Nehmt euch ruhig etwas aus dem Kühlschrank, falls ihr Hunger bekommt. Aber macht nicht mehr so lange. Es ist schon spät.«

»Wir machen gleich Schluss«, versprach Kristin.

»Nur noch ein Kapitel«, versicherte Tobias. »Deine Mam ist cool«, meinte er, als sie wieder allein waren.

»Ja, sie ist ganz in Ordnung.« Kristin nickte.

Tobias beugte sich wieder über das Buch.

»Diese erstaunlichen Einhorn-Buchstaben ... Glaubst du, dass die von Anfang an so gut lesbar waren, und wir haben es nur nicht bemerkt? Oder haben die sich in der Zwischenzeit irgendwie verändert, damit wir sie entziffern können?«

»Verändert?« Kristin runzelte die Stirn. »Wie meinst du das?«

»Na ja, ich bin mir ziemlich sicher, dass ich gestern noch kein einziges Wort in diesem Buch lesen, geschweige denn verstehen konnte«, erwiderte Tobias. »Das waren doch voll die Hieroglyphen! Der Text war komplett unlesbar. Und heute muss ich nur einen Blick reinwerfen und kann die coolsten Storys über Einhörner lesen, die irgendein Unbekannter vor Urzeiten in dieser Einhornschrift aufgeschrieben hat. Findest du das nicht auch unglaublich?«

»Doch, schon«, gab Kristin zu. »Ich kapier's auch nicht, wieso wir alles plötzlich lesen können. Es ist, als hätte jemand einen Schleier von dem Buch gezogen.« Sie guckte Tobias an. »Oder als hätte uns jemand die Augen geöffnet.«

Kristin zögerte, dann griff sie in die Tasche ihrer Jeans, holte die Perle hervor und legte sie auf das aufgeschlagene Buch.

»Was ist das denn?«, fragte Tobias.

»Die Träne eines Einhorns«, antwortete Kristin leise.

Tobias starrte sie an. Fast ehrfürchtig betrachtete er die kleine Perle. »Woher hast du die?«

Kristin erzählte ihm von Zafira. Von der Stimme, die sie gehört, und der Geschichte, die das Einhorn ihr erzählt hatte. Tobias' Augen wurden immer größer.

»Du meinst«, sagte er schließlich, »du hast mit einem Einhorn gesprochen?«

Kristin nickte. »Zuerst konnte ich es auch nicht glauben, aber inzwischen passt alles zusammen. Zafira war plötzlich da, als wäre sie buchstäblich vom Himmel gefallen. Niemand sucht sie, keiner scheint sie zu vermissen. Ständig gibt sie neue Rätsel auf. Denk doch nur mal an ihr lockiges Fell!« Kristin sprang auf und drehte sich im Kreis, zu mehr reichte der Platz in ihrem winzigen Zimmer nicht. »Und diese kahle Stelle auf der Stirn ...« Sie blieb vor Tobias stehen, der das Buch hielt, und pochte auf das Bild eines Einhorns. »Genau an dieser Stelle sitzt das Horn!«

»Aber das wäre ja ...« Tobias lachte ungläubig auf.

»Unglaublich? Unfassbar? Fantastisch? Eine echte Sensation?«, vollendete Kristin seinen Satz. »Ja, danke. Ich weiß.« Sie setzte sich wieder hin.

»Und was ist mit diesem Buch?«, fuhr sie nach einer Weile fort. »Warum hat dein Onkel es dir gegeben? Warum hast du es mir gezeigt? Wieso können wir es mit einem Mal lesen?«

»Weil irgendjemand – irgendetwas, was auch immer – es so wollte?«, fragte Tobias vorsichtig zurück.

»Exakt! Zafira hat mir gesagt, dass ich ausgewählt wurde, ihr zu helfen.«

»Wobei?«

»Bei ihrer Rückkehr in die Welt der Einhörner«, erwiderte Kristin und legte eine Hand auf das Buch. »Sie nennen sie die Andere Welt. Es steht alles hier drin.«

»Und wir können es lesen.« Tobias' Stimme klang, als könne er es noch nicht wirklich fassen, aber als er Kristin anschaute, sah er das Funkeln in ihren Augen und grinste. »Worauf warten wir dann noch? Lass uns das Mysterium der Einhörner endlich entschlüsseln, damit wir deine kleine Zafira zu ihrer Familie zurückbringen können!«

»Du glaubst mir also?«, fragte Kristin erstaunt.

»Klar, wieso nicht?« Tobias lachte. »Diese Welt ist voller Wunder. Die meisten warten nur darauf, entdeckt zu werden. Packen wir's an!«

In der folgenden Stunde erfuhren Kristin und Tobias eine ganze Menge Wissenswertes über Einhörner. Sie wechselten sich mit dem Vorlesen ab. Mal las Kristin, dann Tobias. Die Abbildungen schauten sie sich gemeinsam an.

»Hey, wusstest du, dass Einhörner gerne Erdbeeren essen?«, fragte Tobias amüsiert.

Kristin kicherte. »Ich hab's geahnt«, sagte sie und erzählte ihm von dem geheimen Erdbeerversteck im Wald.

»Und hier!« Tobias tippte auf eine Zeichnung, die ein Einhorn zeigte, das sein Horn in ein Gewässer tauchte. »Da reinigt es mit seinem magischen Horn vergiftetes, verunreinigtes Wasser.«

»Und immer wieder berichten Menschen von Begegnungen mit Einhörnern«, sagte Kristin. »Davon, wie sanftmütig und liebenswert die Tiere sind.« Sie sah auf. »Wenn so viele Menschen unabhängig voneinander solche Begegnungen beschreiben, muss doch was Wahres dran sein, oder nicht?«

»Doch, ich denke schon«, erwiderte Tobias. »Geahnt hab ich es irgendwie, aber jetzt glaub ich es auch.«

»Ja, ich auch.« Kristin rieb sich die Augen. Es war spät. Sie fühlte sich überfordert von all den Eindrücken. »Wir sollten langsam Schluss machen. Ich bin müde. Hausaufgaben muss ich auch noch machen.«

»Kein Problem«, sagte Tobias lächelnd.

Kristin legte kurz ihren Kopf gegen seine Schulter und schloss die Augen. Es fühlte sich gut an, warm und geborgen. Sie war kurz davor, einzuschlafen.

Tobias stand auf. Sie brachte ihn noch zur Tür.

»Tschüss, bis morgen!«

»Ciao!«

Als er weg war und sie wieder allein in ihrem Zimmer, ging sie ans Fenster und spähte hinaus. Am Ende der Straße verschwand Tobias mit seinem Fahrrad gerade in der Dunkelheit. Kristin schloss die Vorhänge und drehte sich lächelnd um. Die silbern glänzende Sternschnuppe, die am Himmel aufglühte und kurz darauf erlosch, sah sie nicht mehr.

»Zafira«, wisperte ungefähr zur gleichen Zeit der Wind in den Bäumen. »Wach auf, Tochter des Oberon!«

Schlaftrunken hob Zafira den Kopf. Sie lag neben Tintoretto in der geschützten Senke fernab vom Stall. Um sie herum waren die Geräusche der Nacht.

Ein Kauz schrie, ein Igel lief leise raschelnd durchs Gras. Fledermäuse flogen hin und her und jagten fast lautlos nach Insekten. Über allem hing der Mond, blass und schwer.

»Zafira«, erklang die wispernde Stimme des Nachtwinds erneut. »Ich bringe dir eine Nachricht von deinem Vater. Er will mit dir sprechen. Wach auf!«

»Mein Vater?« Mit einem Satz war Zafira auf den Beinen.

Tintoretto brummelte unwillig im Schlaf. Zafira achtete nicht auf ihn. Angespannt blickte sie hinauf in den dunklen Himmel und wartete.

Da! Eine Sternschnuppe löste sich vom Firmament! Ihr Schweif aus purem Gold glühte auf und erlosch mit einem leisen Zischen hinter dem Wald.

»Papa?«, fragte das junge Einhorn aufgeregt. »Bist du das?«

»Natürlich bin ich es. Wer sonst?« Oberons Stimme war ruhig und kraftvoll. »Es ist so weit, meine Kleine. Die Zeichen sind da, um das Richtige zu tun.«

»Welche Zeichen?« Zafira reckte den Hals.

»Schon bald wird sich ein Tor für dich öffnen, Tochter«, verkündete Oberon. »Was ich dir jetzt sage, sage ich nur dieses eine Mal. Also höre gut zu und merke es dir.«

Zafira nickte feierlich. »Ich verspreche es!«

Der Nachtwind frischte auf und fuhr ihr brausend durch die Mähne. Stolz hob sie den Kopf und stemmte sich dem Wind unerschrocken entgegen. Nie zuvor hatte sie schöner ausgesehen, wie sie so dastand, jeden einzelnen Muskel ihres Körpers angespannt. Ihre Augen glühten. Oh ja, sie spürte die Magie!

»Hör zu«, sagte Oberon. »Und achte auf meine Worte!«

Mit dunkler Stimme sprach der Einhornhengst ein uraltes Gedicht:

»Siehst du Wolken wie Türme am Himmel stehen
und kannst du im Wasser den Vollmond sehen,
so halte dich bereit und fasse Mut,
durchschreite das Tor und alles wird gut.
Im Herzen des Mädchens liegt die Macht,
nur mit ihr wird der alte Zauber vollbracht.
Blüten fallen, wenn das Lied des Einhorns erklingt

und das schönste von allen
durch die Silberne Pforte springt.«

Zafira spitzte die Ohren und hörte gebannt zu, bis die letzten Worte ihres Vaters verklungen waren.

»Und wann wird es so weit sein?«, fragte sie dann. »Wann werde ich die Wolkentürme und den Vollmond sehen? Wann werde ich durch die Silberne Pforte springen?« Sie wusste, dass diese Pforte der Eingang in die Andere Welt war.

»Schon bald, meine Tochter.« Oberons Stimme klang gütig und liebevoll. »Sehr bald.«

Der Wind rauschte. Die alten Weidebäume schüttelten sich. Ein kleiner Stern funkelte.

Zafira senkte den Kopf und schloss die Augen.

»Danke, Vater«, flüsterte sie.

Kristin wälzte sich unruhig in ihrem Bett hin und her. Sie träumte. Aber was war das nur für ein unmöglicher Traum? Sie runzelte die Stirn.

In ihrem Traum war es ebenfalls Nacht. Sie stand auf einer Wiese. Neben ihr war ein schneeweißes Pferd. Nein, es war kein Pferd. Es hatte ein Horn auf der Stirn.

Ein Einhorn? Moment!

Kristin wachte auf. Sie saß in ihrem Bett und fror. Das Fenster stand sperrangelweit offen. Die Vorhänge blähten sich im Wind wie bunte Segel.

Kristin unterdrückte einen Fluch und kletterte aus dem Bett. Als sie vor dem Fenster stand und die Hand ausstreckte, um es zu schließen, hörte sie ein fernes Rauschen. Es klang nicht wie das Rauschen des Windes. Es hörte sich an wie –

»Flügel?!«

Kristin fuhr zurück, als hätte sie sich verbrannt, und riss die Augen weit auf. Was sie sah, ließ sie kurz an ihrem Verstand zweifeln. Aber dann redete sie sich ein, dass sie noch träumte. Ja, ganz klar. Es musste ein Traum sein.

»Ich liege in meinem Bett und schlafe, während ich träume, dass ich am Fenster stehe und am Himmel ein riesiges Einhorn sehe. Ein richtig großes, weißes, geflügeltes Einhorn, das mich böse anstarrt und die Nüstern bläht. Oh, Mann ...«, sie stöhnte auf. »Ich hab eindeutig zu viel in dem blöden Buch gelesen.«

Ein Einhorn? Pah ... Kristin schloss die Augen und schüttelte den Kopf.

Als sie wieder hinschaute, war das Einhorn immer noch da.

Sehr seltsam. Es fühlte sich auch gar nicht an, als ob sie noch schlafen würde. Dieser Traum war wirklich sehr real. Sogar ihre nackten Füße wurden langsam kalt.

Das Einhorn, das da knapp über ihrem Fenster am Nachthimmel verharrte und herrisch zu ihr herunterblickte, schüttelte ebenfalls den Kopf. Kristin sah, dass das Horn auf seiner Stirn blaue Funken versprühte.

»Wie hübsch«, murmelte sie. »Was für ein bunter Traum!«

»Es ist kein Traum, Menschenkind«, fuhr eine kräftige Stimme sie an, »auch wenn du es dafür halten magst. Es ist Wirklichkeit. Mein Name ist Oberon, König und Vater der Einhörner. Ich habe dir etwas zu sagen. Also, hör mir zu!«

Das Einhorn bäumte sich auf und blickte ihr fest in die Augen. Kristin zog fröstelnd die Schultern hoch.

»Was ich dir jetzt sage«, fuhr Oberon eindringlich fort, »werde ich dir nur dieses eine Mal sagen. Pass gut auf und merke es dir.«

Unwillkürlich nickte Kristin.

Oberon faltete seine beachtlichen Schwingen zusammen. Das Rauschen wurde leiser und verstummte schließlich ganz.

»Porta augura, luna lamura!«, schmetterte Oberon so laut in die Nacht hinein, dass Kristin schon befürchtete, er würde die gesamte Nachbarschaft aufwecken. Doch alles war ruhig. Die Fenster und Türen der umliegenden Häuser blieben geschlossen. Nur ein Hund bellte irgendwo.

»Wenn Wolkentürme am Himmel stehen«, fuhr der Einhornhengst etwas leiser, fast singend fort, »und du den Vollmond im Wasser sehen kannst, so halte dich bereit, Menschenkind. In deinem Herzen liegt die Macht. Nur mit dir wird der alte Zauber vollbracht.«

Der Rest dessen, was Oberon verkündete, waren die letzten Zeilen des Gedichts, das für seine Tochter bestimmt gewesen war: »Blüten fallen, wenn das Lied des Einhorns erklingt und das schönste von allen durch die Silberne Pforte springt.«

Er breitete die Flügel wieder auseinander. Aus seinem Horn kamen goldene Funken. Mit einem einzigen kraftvollen Schlag der Schwingen war das mächtige Einhorn verschwunden. Zurück blieb nur feiner Sternenstaub, der langsam auf die Erde sank und dort erlosch.

Schlaftrunken schloss Kristin das Fenster, zog die Vorhänge zu und taumelte zurück zu ihrem Bett.

»Yeah, super. Danke für die Info«, brummte sie.

Noch bevor sie sich die Decke bis ans Kinn gezogen hatte, war sie tief und fest eingeschlafen.

»Du weißt nicht zufällig, wann wir das nächste Mal Vollmond haben?«, wandte sich Kristin an Katinka, als die Freundinnen am nächsten Morgen den endlos langen Schulflur entlangliefen.

»Moment, das haben wir gleich!« Katinka zog ihr Handy aus der Tasche, tippte blitzschnell ein paar Zahlen ein und hielt Kristin das Display unter die Nase. »Nächsten Sonntag, am Zweiundzwanzigsten. Warum fragst du?« Sie stieß die Tür zum Kunstraum auf, ließ Kristin den Vortritt und grinste spöttisch. »Hast du vielleicht vor, ab sofort nach dem Mondkalender zu leben?«

»Nein.« Kristin schüttelte den Kopf. »Ich wollte es nur mal so wissen.«

»Aha«, machte Katinka vielsagend.

Kristin ging nicht darauf ein. Sie hängte ihre Jacke an einen Haken und legte die Zeichenmappe auf den Tisch. Herr Brandt, ihr Kunstlehrer, war krank. Sie hatten eine Doppelstunde zur freien

Verfügung. Kristin verspürte große Lust, Einhörner zu zeichnen. Ein ganz bestimmtes Einhorn, wenn man es genau nahm.

Bevor sie die Zeichenstifte herausholte, drehte sie sich zu Katinka um. »Hey, du bist doch naturwissenschaftlich hochbegabt ... Gibt es zufällig Wolken, die wie Türme aussehen?«

»Geht's dir gut?«, erkundigte sich Katinka freundlich. »Zuerst der Vollmond, jetzt die Wolken. Muss ich mir etwa Sorgen machen? Ja, es gibt das Phänomen solcher Wolkentürme. Man nennt sie Kumulonimbus. Typische Gewitterwolken, die meist vor Wetteränderungen auftreten.«

Sie streckte die Handfläche aus und hielt sie Kristin hin. »Das macht dann zwei Euro. Diese Auskunft ist kostenpflichtig.«

Als sie Kristins verblüfftes Gesicht sah, lachte sie laut auf.

»Hey, ich glaub, du bist heute echt mit dem falschen Fuß zuerst aufgestanden.«

»Ähm, ja. Kann gut sein.« Kristin beugte sich schnell vor, um das Federmäppchen aus dem Rucksack zu angeln. Ihre Wangen glühten. Diese Fragen nach dem Vollmond und den Turmwolken waren wirklich peinlich. Aber sie musste es unbedingt wissen.

Sie dachte an die vergangene Nacht und an den Traum, von dem sie schon beim Aufwachen wusste, dass es kein Traum gewesen war. Das Einhorn am Himmel war genauso real gewesen wie die Nachricht, die es ihr überbracht hatte. Der Auftrag lautete, dass sie sich bereithalten musste. Beim nächsten Vollmond würden die Wolken am Himmel Türme bilden. Dann musste sie da sein und dafür sorgen, dass der alte Zauber vollbracht würde.

Der alte Zauber, dachte Kristin leicht schaudernd. Die Rückkehr eines vergessenen Einhorns in die Andere Welt. Dort, wo es hingehörte. Die nächste Vollmondnacht würde die Nacht sein, in der Zafira in ihre Welt, zu ihrer Familie zurückkehren würde.

Kristin spürte einen Anflug von Traurigkeit, während sie sich wieder aufrichtete und gedankenverloren aus dem Fenster starrte.

Blüten werden fallen. Ein Einhorn wird singen. Und dann muss Zafira durch eine silberne Pforte springen und wird von dieser Welt verschwinden ...

Kristin fragte sich, wo diese Andere Welt wohl lag. Ob sie die kleine Stute danach jemals wiedersehen würde?

»Aufwachen!« Katinka stieß sie mit dem Ellbogen an. »Ich hab dich gefragt, ob du mir deinen Radiergummi leihst.«

»Wie bitte? Ja, klar.« Kristin reichte der Freundin den Radiergummi, holte tief Luft und versuchte, sich zu konzentrieren.

Wenig später flog ihr Bleistift über das weiße Blatt Papier und füllte es. Wie schon vor ein paar Tagen zeichnete sie kunstvolle Einhörner. Schlafende, galoppierende, fliegende, tanzende Einhörner. Jedes einzelne von ihnen sah aus wie Zafira.

Als es klingelte, klappte sie die Mappe zu und sprang auf. Große Pause. Zeit, um mit Tobias zu reden.

Sie fand ihn in einer ruhigen Ecke des Schulhofs, wo er gerade seinen leeren Kakaobecher in den Abfalleimer warf. Als er sie kommen sah, lächelte er breit.

»Hey«, sagte er und gab ihr einen Stups. »Ich hab schon auf dich gewartet.«

»Ich muss mit dir reden«, raunte Kristin ihm statt einer Begrüßung zu. »Ernsthaft.«

»Worüber denn?« Tobias sah sie fragend an.

»Ich hatte letzte Nacht Besuch von einem riesigen Einhorn«, erzählte Kristin. »Es schwebte vor meinem Fenster und hat ein Gedicht aufgesagt.«

Tobias prustete. Er konnte nicht anders. Prompt fing er sich einen finsteren Blick von Kristin ein.

»Sorry«, sagte er schnell. »Er hat ein Gedicht aufgesagt? Das klingt –«

»Bescheuert, ich weiß«, gab Kristin zu. »Es war auch kein ganzes Gedicht, glaube ich, sondern nur Sätze daraus.«

»Okay …« Tobias sah sie so skeptisch an, als hätte sie Fieber. Als sie vollkommen ernst blieb, zog er sie auf eine Bank und setzte sich neben sie.

»Dann leg mal los!«, forderte er sie auf.

Kristin erzählte ihm von dem offenen Fenster, dem Wind, der Erscheinung am Nachthimmel und dem, was der Einhornhengst ihr aufgetragen hatte.

»Und du bist ganz sicher, dass es kein Traum war?«, unterbrach Tobias sie.

»Hundertpro sicher«, entgegnete Kristin. »Das Einhorn war wirklich da. Es passt zu allem anderen. Zu dem, was Zafira gesagt hat, zu dem Buch deines Onkels, zu der Stimme im Wald.« Sie warf Tobias einen unsicheren Blick zu. »Du glaubst mir doch, oder?«

Tobias nickte. »Seit du mir über den Weg gelaufen bist, wundert mich gar nichts mehr. Ich bin fest davon überzeugt, dass es in unserem Universum noch viel mehr gibt als das, was wir kennen. Warum solltest du nachts nicht mit fliegenden Einhörnern reden? So was passiert mir ständig.«

Als er Kristins empörtes Gesicht sah, grinste er. Dann wurde er wieder ernst. »Wie soll es jetzt weitergehen? Wenn du tatsächlich die Wolkentürme siehst und Vollmond ist? Wohin sollst du Zafira dann bringen? Wo ist die Pforte, diese Porta Augura, das Tor zur Anderen Welt?«

Es gongte zur Stunde, aber Tobias machte keine Anstalten aufzustehen. Er tätschelte Kristins Hand. »Hast du dir schon Gedanken darüber gemacht, was Nicole sagen wird, wenn Zafira einfach wieder verschwindet?«

»Nein«, antwortete Kristin. »Daran hab ich noch gar nicht gedacht.«

Sie stand auf und zog Tobias mit sich.

»Wenn es Zafira gelingt, mit unserer Hilfe in die Andere Welt zu kommen, wird sie genauso plötzlich wieder verschwunden sein, wie sie aufgetaucht ist. Vermutlich wird Nicole einen Suchtrupp losschicken, die Polizei und den Förster alarmieren, das volle Programm. Aber es wird vergeblich sein. Zafira ist dann schon nicht mehr da. Verstehst du? Sie ist dann längst wieder zu Hause.« Sie schlenderten über den Hof auf das Schulgebäude zu. »Es wird keinen Unterschied machen. Irgendwann wird die Suche nach ihr eingestellt. Schon bald wird sich keiner mehr an die merkwürdige junge Stute erinnern, die eines Tages vom Himmel gefallen ist und wenig später spurlos verschwand.«

»Keiner?« Tobias zog die Augenbrauen hoch.

»Doch, klar«, sagte Kristin leise und schluckte. »Ich werde sie schrecklich vermissen. Warum muss sie unbedingt in diese Andere Welt? Warum kann sie nicht einfach hierbleiben?«

»Wir haben doch gestern in dem Buch gelesen, dass Einhörner magische Kräfte haben«, sagte Tobias. »Dass sie mit ihrem Horn vergiftetes Wasser reinigen können und solche Sachen.«

Kristin nickte.

»Mein Onkel hat mir mal erzählt, dass die Verwendung dieser Magie für ein Einhorn unheimlich anstrengend ist. Ich vermute mal, für so ein junges Einhorn wie Zafira ist das Leben in unserer Welt besonders kraftraubend. Es geht die Sage, dass Einhörner zwar seit Urzeiten unter den Menschen leben, total verborgen und geheim, aber sie müssen regelmäßig in ihre eigene Welt reisen, um ihre Kräfte und die Magie zu erneuern. Sonst ...«

Er sprach nicht weiter. Sie hatten die Schultreppe erreicht.

»Sonst was?«, fragte Kristin alarmiert.

»Sonst werden sie krank und ...«, wieder zögerte Tobias.

»Und was?«, bohrte Kristin. »Nun sag schon!«

»Sie werden krank und müssen sterben.« Tobias seufzte. »So heißt es jedenfalls in dieser Sage. Das Einhorn legt sich nieder und vergeht. So, jetzt weißt du's.«

Kristin zog die Augenbrauen zusammen.

»Es vergeht?«

»Ja.« Tobias' Stimme klang wie ein unwilliges Knurren. »Mach dir jetzt bitte keine unnötigen Sorgen. Zafira wird es schaffen. Wir werden ihr dabei helfen.« Er strich ihr kurz mit den Fingern über die Wange, bevor er die Treppe hinauflief. »Bis später!«, rief er noch. »Ich bin gegen zwei im Stall.«

Kristin nickte, ohne etwas zu sagen. Betont langsam schlich sie die Stufen hoch.

Im Gang vor den Klassenräumen blieb sie stehen und schaute aus dem Fenster. Sie würde zu spät zum Unterricht kommen, aber das war egal. In ihrem Kopf kreiste nur ein Gedanke: Zafira. Sie würde sterben, wenn sie ihr nicht half. Alles andere kam Kristin plötzlich lächerlich und unbedeutend vor.

Schließlich riss sie sich vom Fenster los und schlüpfte unauffällig in den Kunstraum, wo sie sich schnell an ihren Platz setzte und sich bemühte, Katinkas neugierige Blicke zu ignorieren.

Als sie um Punkt zwei Uhr auf dem Reiterhof ankam, war sie ganz außer Atem, weil sie so schnell geradelt war. Tobias lehnte schon am Tor. Stromer kam ihr freudig bellend entgegen. Kristin sprang vom Rad und begrüßte ihn überschwänglich. Stromer wedelte so heftig mit dem Schwanz, als hätte er sie seit Wochen nicht gesehen.

Kristin schob ihn sanft weg und richtete sich wieder auf. Sie begrüßte Tobias mit einem Lächeln.

»Hi«, sagte er und stieß sich von dem Torpfosten ab.

»Hallo.« Kristin stellte ihr Rad ab.

Sie hörte ein Pferd wiehern. Ob es Zafira war? Gut möglich, dachte Kristin.

Tobias bückte sich, um ein Stöckchen aufzuheben. Er warf es weit den Weg hinauf. Begeistert sprang Stromer hinterher und brachte es zurück. Nachdem er es Tobias vor die Füße gelegt hatte, warf der es noch einmal. Kristin lachte.

»Wie lange dauert so ein Spiel im Durchschnitt?«

»Stunden«, lautete Tobias' trockene Antwort. »Wenn es nach ihm ginge, auch Tage, Wochen und Monate.«

Sie liefen über den geharkten Hofplatz. Nicoles Auto war nicht da. Nur zwei andere Wagen parkten vor dem Stall, die Privatreitern gehörten, deren Pferde hier standen.

Stromer sprang herum, ließ schließlich das Stöckchen fallen und trank aus einem Wassereimer, bevor er sich hechelnd in den Schatten legte.

»Wollen wir gleich zu Zafira?«, fragte Kristin. Sie schaute rüber zur Koppel, wo Zafira und Tintoretto grasten.

»Warum nicht?« Tobias schob die Hände in die Hosentaschen und trabte neben ihr her.

Sie hatten die Pferdekoppel fast erreicht, als Nicoles Wagen über die Einfahrt rumpelte und in einer kleinen Staubwolke zum Stehen kam.

»Hallo, ihr beiden!«, rief sie durch das heruntergelassene Seitenfenster. Sie stellte den Motor ab, stieg aus und kam auf Kristin und Tobias zu. »Ihr wollt zu Zafira und Tinto?«

Ohne auf eine Antwort zu warten, sprach sie weiter. »Habt ihr vielleicht Lust, die kleine Stute ein bisschen zu bewegen? Wie es scheint, bleibt sie uns wohl noch länger erhalten. Bevor sie sich wieder langweilt, sollten wir mal testen, ob sie sich reiten lässt.«

Kristin wusste nicht, was sie sagen sollte. Sie warf Tobias einen Hilfe suchenden Blick zu. Der zuckte ratlos mit den Schultern.

»Ob das eine gute Idee ist?«, meinte er zögernd. »Vielleicht wurde sie noch nie geritten und kennt das gar nicht.«

»Genau das wollen wir ja herausfinden!« Nicole lachte fröhlich. Ihre Wange war immer noch leicht geschwollen, aber es schien sie nicht zu stören. »Na, was ist? Einen Sattel und passendes Zaumzeug hab ich schon rausgesucht.«

Kristin überlegte fieberhaft. Sie erinnerte sich daran, was Zafira neulich gesagt hatte: Einhörner wurden nicht geritten! Nur konnte Nicole das natürlich nicht wissen.

»Meinst du nicht, dass sie noch zu jung sein könnte?«, fragte sie schließlich.

Nicole winkte ab. »Aber nein! Sie ist genau im richtigen Alter. Ich schätze sie auf vier oder fünf. Sie ist gelehrig und anscheinend an Menschen gewöhnt. Ich gehe davon aus, dass sie angeritten ist.«

Aus dem Augenwinkel sah Kristin, dass Zafira den Kopf gehoben hatte und neugierig herüberschielte.

Sie kann garantiert jedes Wort verstehen, dachte Kristin.

Plötzlich warf Zafira ihre Mähne hin und her. Für Kristin sah es wie ein Nicken aus. Sollte das ein Einverständnis sein?

Tobias hatte es ebenfalls gesehen. Er blinzelte unmerklich.

»Na gut.« Kristin zwang sich zu einem Lächeln. »Mehr als abwerfen kann sie mich ja nicht.«

Nicole nickte zufrieden.

»Lasst euch Zeit«, sagte sie. »Wenn alles gut klappt und sie sich satteln und aufzäumen lässt, geht mit ihr ins Gelände. Da hat sie Platz, um sich auszutoben. Tobias kann Tinto an die Führleine nehmen.« Sie wandte sich an ihn. »Du hast ihn doch neulich schon mal geführt. Denkst du, du kommst mit ihm zurecht?«

»Logo«, erwiderte Tobias selbstbewusst.

»Dann ist ja alles in bester Ordnung.« Nicole drehte sich wieder um. »Viel Spaß!«

»Wieso kommt sie ausgerechnet jetzt auf diese Idee?«, grummelte Kristin, als Nicole außer Hörweite war. »Vor ein paar Tagen hätte ich mich riesig gefreut. Aber warum soll ich anfangen, Zafira zu reiten, wenn sie sowieso bald nicht mehr da ist?«

»Ach, komm«, sagte Tobias aufmunternd. »Lass uns einfach eine schöne Zeit mit ihr haben.«

»Du hast recht«, erwiderte Kristin seufzend. »Ich hol schnell die Sachen aus dem Stall.«

Als sie die Koppel mit Sattel, Zaumzeug und einem Halfter plus Führleine betraten, standen Zafira und Tinto abwartend in der Nähe und wedelten mit den Schweifen. Zafiras Ohren drehten sich hin und her, vor und zurück.

Kristin fragte sich, was das Einhorn wohl hörte. Mit Sicherheit mehr als wir, dachte sie bei sich.

Sie pfiff. Tintoretto setzte sich brummelnd in Bewegung. Zafira blieb stehen. Sie witterte mit geblähten Nüstern, trat von einem Huf auf den anderen und wirkte plötzlich nervös.

Lass mich bitte nicht im Stich!, flehte Kristin im Stillen.

Keine Angst, Menschenmädchen, schickte Zafira einen Gedanken zurück. *Ich hab nur eine einzige Bitte an dich.*

Kristin warf Tobias einen kurzen Blick zu. Sie fragte sich, ob er die Stimme des Einhorns wohl auch hörte, aber er stapfte ganz vergnügt neben ihr her, sortierte Tintorettos Halfter und schien tatsächlich nichts zu bemerken.

Nein, er kann uns nicht hören, sagte Zafira.

Alles klar, erwiderte Kristin lautlos. Was ist deine Bitte?

Lass dieses schreckliche Lederzeug weg!, flehte Zafira. *Ich ertrage es nicht, eine Fessel um den Kopf gelegt und ein Stück kaltes Metall zwischen die Zähne geschoben zu bekommen. Du brauchst kein Zaumzeug und keinen Sattel, um mich zu reiten. Ich lass dich nicht im Stich. Ich werde dich auf meinem Rücken tragen. Aber nur dich. Nicht den Sattel.*

Ich soll dich ohne Sattel und Zügel reiten?, fragte Kristin. Ihre Augen weiteten sich. Wenn du versuchst mich abzuwerfen, kriegen wir Stress mit Nicole!

Sie glaubte, ein leises Kichern zu hören.

Wenn du schwörst, dieses ganze überflüssige Pferdezeug wegzulassen, verspreche ich dir, dich nicht abzuwerfen!

Wieder kicherte Zafira leise.

Kristin fragte sich, ob es besonders klug war, einem übermütigen, kichernden Einhorn zu vertrauen.

Einverstanden?, drängelte Zafira.

Ja, okay, gab Kristin lautlos zurück und seufzte.

Tobias warf ihr einen fragenden Blick zu.

»Alles gut«, versicherte sie schnell. »Ich hab nur beschlossen, Zafira ohne dieses ganze Zeug hier zu reiten.« Sie zeigte mit dem Kinn auf den Sattel und die Trense, die sie trug. »Ich glaube, dass ich das bei ihr nicht brauche.«

»Wie du meinst.« Tobias hatte Tintoretto inzwischen an den Zaun gelockt und streifte ihm schon das Halfter über. »Und Nicole ist damit einverstanden?«

»Nee, wahrscheinlich nicht.« Kristin legte das Sattelzeug hinter dem Zaun ins hohe Gras. Sie kraulte Tintoretto und guckte Tobias schief grinsend an. »Um ehrlich zu sein: Zafira hat mich darum gebeten.«

»Sie hat was?« Tobias verschluckte sich fast.

Kristin grinste noch breiter. »Sie hat mich darum gebeten, ihr den ganzen Pferdekram zu ersparen. Es ist unter der Ehre eines Einhorns, Sattel und Zaumzeug zu tragen«, fügte sie augenzwinkernd hinzu.

Das ist es in der Tat! Zafira stampfte mit einem Vorderhuf auf und schnaubte.

Tobias zuckte erschrocken zusammen.

»Was war das? Hilfe!« Er klammerte sich an Tintorettos Halfter und blickte verwirrt von Kristin zu Zafira und wieder zurück.

»Was ist los? Hast du ein Gespenst gesehen?«, fragte Kristin belustigt.

»Gesehen nicht, aber gehört.« Tobias zeigte auf Zafira. »Es ... es ... es hat gesprochen! Ich hab's mit eigenen Ohren gehört!«

Nun, ich habe beschlossen, dass es für uns alle einfacher ist, wenn du meine Gedanken ebenfalls hören kannst, sagte Zafira. *Kristin scheint dir zu vertrauen, also kann ich es wohl auch. Du weißt doch sowieso über mich Bescheid. Vielleicht kannst du nützlich sein.*

»Stimmt.« Kristin nickte.

»Nützlich sein?« Tobias wich einen Schritt zurück. Seine Stimme überschlug sich fast. »Wovon spricht es?«

Du darfst mich ruhig direkt ansprechen, schlug Zafira vor. *Sei nicht so schüchtern! Ich beiße nicht. Ich knabbere höchstens.*

Sie ging auf Tobias zu und stupste ihn freundlich an.

Noch eins: Ich bin kein Es. Ich bin eine Sie. Mein Name ist Zafira, Tochter des Oberon und der Abendsonne. Ich bin frei geboren, ein Einhorn vom Stamme des Windes. Sie hielt den Kopf schräg und musterte Tobias. *Kapiert?*

»Ja, äh, klar«, sagte Tobias. »Ich hab's kapiert.«

Kristin prustete los. Es sah wirklich zu lustig aus, wie Tobias dastand, den schwarzen Tintoretto im Rücken, vor sich die schneeweiße Zafira, und im Gesicht einen komplett verwirrten Ausdruck.

»Können wir den Einhorn-Smalltalk vielleicht verschieben?«, fragte sie schmunzelnd. »Ich würde jetzt wirklich gerne los.«

»Was? Ja, klar.« Tobias' Wangen fingen an zu glühen.

Es war ein freundlicher Spätsommertag. In der Ferne brummte ein Mähdrescher. Auf den Feldern rings um Lindenburg lagen Rundballen aus Heu und Stroh. Es sah aus, als hätte ein Riese damit gespielt und sie dann achtlos weggeworfen.

Kristin atmete tief ein. Sie liebte diese Jahreszeit, wenn der Sommer noch nicht ganz vorüber war und der Herbst noch nicht angefangen hatte. Die Luft war warm. Es roch nach frischem Gras, Heu und Erde.

Auch Zafira hob schnuppernd die Nase. Sie trottete brav neben Kristin her, wandte den Kopf mal nach links, mal nach rechts. Immer wieder gab sie Kristin sanfte Stöße mit der Nase, als wollte sie sich davon überzeugen, dass sie noch an ihrer Seite war.

Hinter ihnen ging Tintoretto, der von einem ungewohnt schweigsamen Tobias geführt wurde. Stromer lief abseits des Weges über ein abgeerntetes Feld und spürte einer spannenden Fährte nach.

Als sie dem Feldweg schon ein ganzes Stück gefolgt waren, hielt Kristin an.

»Ich glaube, hier kann ich aufsitzen. Was meinst du?«

Ja, hier ist es gut, antwortete das Einhorn.

»Seid ihr euch wirklich sicher?« Tobias runzelte die Stirn.

»Jetzt oder nie!« Kristin stellte sich neben Zafira, legte ihr eine Hand auf den Widerrist und schwang sich auf den Rücken der Stute.

Zafira blieb ruhig stehen und wandte den Kopf nach hinten. *Sitzt du gut?*, fragte sie.

»Ja, perfekt.« Kristin strich ihr über den Hals. »Du bist wirklich nett zu mir.«

Zafira prustete übermütig.

Dann halte dich gut fest, du Menschenkind! Denn jetzt wollen wir fliegen!

Sie wieherte hell, dann stieg sie leicht auf die Hinterhand und stob im Galopp davon. Kristin hatte gerade noch Zeit, sich an der langen Mähne festzuklammern und die Schenkel anzulegen, als die Landschaft auch schon an ihr vorbeiflog. Zafiras Hufe schienen den Boden kaum zu berühren. Kristin blieb fast die Luft weg. Sie schloss die Augen und versuchte, sich den geschmeidigen Bewegungen des Einhorns anzupassen. Es war ein unbeschreibliches Gefühl. Ein Gefühl, als würden sie tatsächlich fliegen!

Tobias blieb in einer Staubwolke zurück und rieb sich verwundert die Augen, als er sah, in welch atemberaubendem Tempo Kristin und die Schimmelstute den Feldweg entlangpreschten.

Neben ihm schnaubte Tintoretto und trat hin und her. Er wollte seiner Weidegefährtin folgen. Tobias fasste die Führleine kürzer und meinte: »Nee, du. Das ist eindeutig zu schnell für uns. So was können nur Einhörner und ganz besondere Mädchen.«

Stromer, der noch versucht hatte, Zafira und Kristin hinterherzulaufen, gab nach ein paar Hundert Metern auf. Hechelnd setzte er sich hin und machte ein verdutztes Gesicht.

Kristin hatte keine Ahnung, wie lange der Ritt dauerte. Sie spürte nur, dass Zafira das Tempo irgendwann verringerte, und war fast ein bisschen enttäuscht. Von ihr aus hätte Zafira noch ewig so laufen können. Bis ans Ende der Welt und noch viel, viel weiter.

Sie fuhr mit der Hand unter die Mähne der Stute. Das lockige Fell war warm und trocken.

Hat es dir gefallen? Zafira bog den Hals und schnaubte. *Oder war ich zu schnell?*

»Nein, es war cool! Der Wahnsinn! Unglaublich!« Kristin wischte sich eine widerspenstige Haarsträhne aus dem Gesicht und versuchte, ihre Begeisterung in Worte zu fassen. »Vielen Dank!«

Gerne doch. Mir hat's auch Spaß gemacht! Die Einhornstute schnappte nach einem Zweig und biss ihn ab. Genüsslich kaute sie darauf herum, bis grünlicher Schaum aus ihrem Maul tropfte.

»Bist du sicher, dass dir das bekommt?«, erkundigte sich Kristin. Sie verspürte den Drang, Zafira das Ende des Zweiges aus dem Maul zu ziehen, wie sie es bei jedem anderen Pferd getan hätte, aber sie widerstand. Zafira war schließlich kein normales Pferd.

Entspann dich. Wir Einhörner haben ziemlich robuste Mägen, erwiderte Zafira. Wenn du wüsstest, was wir alles fressen …

»Du meinst, außer Erdbeeren? Ich glaube, das will ich gar nicht so genau wissen.« Kristin musste lachen. »Wollen wir umkehren? Tobias und Tinto warten bestimmt schon auf uns.«

Entspannt trotteten sie den Weg zurück. Kristin staunte, was für eine Strecke sie in der kurzen Zeit zurückgelegt hatten. Kein Lebewesen, das sie kannte, war in der Lage, so schnell zu laufen. Wahrscheinlich nicht mal ein Gepard, der bekanntermaßen das schnellste Landsäugetier war.

Sie dachte an das große Einhorn, das ihr in der Nacht mit der Botschaft erschienen war. Es war geflogen. Sie erinnerte sich noch gut an die riesigen Schwingen. Sie hatten fast wie Schwanenflügel ausgesehen.

Moment, dachte sie. Flügel? Ja, das war die Erklärung! Zafira musste Flügel haben!

Unauffällig schielte Kristin an Zafiras Schultern entlang, ob sie da irgendwo einen unsichtbaren Flügelansatz entdecken konnte. Sie stellte ihn sich so ähnlich vor wie die kahle Stelle auf Zafiras Stirn, wo das unsichtbare Horn wuchs.

Gib dir keine Mühe. Ich habe noch keine Flügel, unterbrach Zafira ihre Nachforschungen. Sie brummelte leise, als würde sie ein belustigtes Prusten unterdrücken. Kristin zuckte ertappt zusammen. Sie hatte ganz vergessen, dass Zafira ihre Gedanken lesen konnte.

»Sorry, ich wollte nicht –«

Nicht neugierig sein? Jetzt prustete Zafira wirklich. Es hörte sich wie ein dunkles Lachen an, das tief aus ihrem Bauch kam. Es hätte Kristin nicht gewundert, wenn sich das kleine Einhorn vor Lachen auf dem Boden gewälzt hätte.

Menschenkinder sind die neugierigsten Lebewesen, die ich kenne!, sagte Zafira, als sie sich wieder beruhigt hatte. *Außer Einhornfohlen vielleicht*, schränkte sie ein.

»Aber wieso hast du keine Flügel?«, fragte Kristin.

Weil ich zu jung bin. Einhörner werden nicht mit Flügeln geboren, die wachsen erst später.

»Ach so, klar«, murmelte Kristin, weil ihr nichts Besseres einfiel. »Hätte ich mir ja eigentlich denken können.«

Zafira nickte.

Den Rest des Weges schwiegen sie. Kristin dachte an den kommenden Sonntag, die bevorstehende Vollmondnacht, in der Zafira den Sprung in die Andere Welt wagen würde, und wurde traurig. Ihr Herz zog sich schmerzvoll zusammen bei dem Gedanken, sich schon bald von dem Einhorn trennen zu müssen. Eine Träne rollte ihr über die Wange und tropfte auf Zafiras Fell, wo sie einen dunklen Fleck hinterließ, als hätte sie sich eingebrannt.

Die Schimmelstute seufzte.

Ja, es ist schwer, sagte sie sanft. *Aber genau aus diesem Grund bist du auserwählt worden, mir zu helfen.*

»Weil es mir schwerfällt, dich gehen zu lassen?«, schniefte Kristin.

Nein, weil du es tust, obwohl es dir schwerfällt. Weil du ein Herz aus Gold hast. Ein großes Herz voller Liebe, erwiderte Zafira. *Nur wer wirklich liebt, weiß, was für den anderen gut ist, und handelt auch danach.*

Kristin fuhr sich mit einem Zipfel ihres Shirts übers Gesicht. »Ich kapier's trotzdem nicht!«, sagte sie trotzig. »Warum ist es für dich gut, mich allein zu lassen? Warum muss ausgerechnet ich dir dabei helfen?«

Du weißt, dass ich gehen muss. Meine Familie wartet auf mich. Zafira blieb stehen. *Das Leben in der Menschenwelt ist anstrengend und gefährlich für ein Einhorn. Wenn ich den Sprung durch die Silberne Pforte nicht schaffe, nur weil du mich nicht gehen lassen kannst und mich zurückhältst, dann werde ich –*

»Dann wirst du sterben, ich weiß.« Kristin glitt von Zafiras Rücken und ließ ihre Tränen laufen. Es war ihr egal, dass Zafira sie weinen sah. Es war ihr auch egal, dass sie Tobias gleich mit einem verheulten Gesicht entgegentreten musste. Alles war ihr egal. Alles, bis auf Zafira.

»Ich werde dir helfen. Das schwöre ich.« Sie schlang dem Einhorn beide Arme um den Hals. »Es tut verdammt weh, aber ich werde es tun. Ich will nicht, dass du stirbst!«

Ich werde nicht sterben, weil du mich liebst, flüsterte Zafira. *Und weil du mich liebst, wirst du mir das kostbarste Geschenk machen, das es zwischen Himmel und Erde gibt: die Freiheit.*

Aus Zafiras Augenwinkel löste sich nun auch eine Träne. Kristin fing sie auf.

Mehr kann ich dir leider nicht geben, Menschenkind. Nur meine Tränen und die Erinnerung.

Kristin betrachtete die Perle gerührt. Sie wusste, dass sie niemals etwas Wertvolleres besitzen würde. Die kleine Perle würde sie immer an diesen ganz besonderen Moment erinnern und an das Einhorn Zafira.

»Werden wir uns denn irgendwann wiedersehen?«, fragte sie nach einer Weile. »Kommst du vielleicht mal zurück zu mir?«

Ich werde immer bei dir sein, erwiderte Zafira. *Du wirst es spüren, zu jeder Zeit und an jedem Ort. Unsere Leben sind ab jetzt untrennbar miteinander verbunden. Und wenn die Zeit es will, werden wir uns wiedersehen.*

»Das klingt gut.« Kristin strich Zafira über die Stirn und streifte dabei vorsichtig die kahle Stelle. Sie spürte einen Widerstand.

In der Vollmondnacht wirst du es sehen, sagte Zafira. *Wenn ich durch die Silberne Pforte springe, wirst du mein Horn sehen können.*

Kristin hob den Kopf. Sie hörte Hufgetrappel. Tobias und Tintoretto näherten sich in flottem Trab, wobei der Rappe eindeutig das Kommando hatte. Tobias hing mehr oder weniger hilflos an seinem Halfter und bemühte sich, mit Tintoretto Schritt zu halten.

»Er wollte unbedingt zu seiner Freundin!«, rief er von Weitem. »Und ich auch«, schnaufte er außer Atem, als er vor Kristin stand.

Tintoretto begrüßte Zafira mit dunklem Wiehern. Stromer bellte vor Freude, dass alle wieder zusammen waren.

Als sie sich schließlich auf den Heimweg machten, öffnete Kristin ihre Hand. Die Perle lag noch darin. Zafiras Abschiedsgeschenk.

Sie warf der jungen Stute einen liebevollen Blick zu.

»Danke noch mal«, sagte sie leise.

Bitte schön, erwiderte Zafira. *Pass gut auf sie auf.*

Kristin versprach es.

»Alles klar bei dir?« Tobias hatte gesehen, dass Kristin geweint hatte, aber er fragte sie nicht nach dem Grund. Er ahnte ihn auch so.

»Ja«, antwortete sie lächelnd. »Jetzt ist alles klar.«

In den folgenden Tagen hatte Kristin das Gefühl, in einem Traum zu leben, aus dem sie nicht aufwachen konnte. Es kam ihr alles so unwirklich vor.

Der Sonntag rückte immer näher. Der Tag, an dem sie sich von

Zafira verabschieden musste. Sie hatte Angst davor. Nicht nur vor dem Abschied, sondern auch davor, etwas falsch zu machen.

Die ganze Zeit hatte sie Zafiras Träne bei sich. Die Perle war wie ein Talisman, der ihr Kraft gab und sie tröstete. Zwischendurch holte sie die Träne immer wieder hervor und betrachtete sie. Die erste Perle, die Zafira als Beweis ihrer Magie geschenkt hatte, lag in Kristins Zimmer in einer kleinen Schachtel auf dem Schreibtisch. Tobias hatte ihr angeboten, irgendwann einen Anhänger daraus zu machen, den sie an einer Kette tragen konnte.

Seine weiteren Versuche, sie aufzuheitern, schlugen fehl. Kristin wollte nicht ins Kino und auch nicht ins Freibad. Sie hatte nicht mal Appetit auf Pizza. Sie wollte nur eins: Dass Zafira bei ihr blieb. Aber das konnte Tobias ihr nicht erfüllen.

Kristin wusste, dass sie gerade ziemlich unausstehlich war.

Dass Tobias trotzdem so geduldig mit ihr war und ihr kaum von der Seite wich, rechnete sie ihm hoch an. Fast jeden Tag tauchte er mit Stromer im Stall auf. Er verstand, dass Kristin jede Minute, die noch blieb, bei Zafira verbringen wollte. Jedes Mal, wenn er die beiden zusammen sah, gab es ihm einen Stich, weil er sich so hilflos fühlte und nichts tun konnte.

»Das ist echt nicht fair«, sagte er leise zu Stromer. »Die zwei gehören zusammen.«

Auch Nicole ließ Kristin in Ruhe. Sie war einfühlsam genug, um zu spüren, dass es ein ganz besonderes Band zwischen dem Mädchen und der Schimmelstute gab. Sie ahnte aber gleichzeitig, dass diese

Verbundenheit nicht mehr lange dauern konnte. Früher oder später würde sich der rechtmäßige Besitzer des Pferdes melden. Es war nur eine Frage der Zeit.

Sie seufzte mitfühlend, während sie Kristin und Zafira durch ein Stallfenster beobachtete. »Ich hoffe, es bricht euch nicht das Herz.«

Gegen Ende der Woche begann es zu regnen. Es schien, als wollte sich der Sommer nun endgültig verabschieden, um dem Herbst Platz zu machen.

Die Temperaturen sanken. Der Himmel war grau. Dicke Regentropfen fielen auf den Boden.

Kristin und Tobias saßen in einem kleinen Café und tranken Kakao mit Zimt und Sahne. Das einzig wahre Getränk an so einem Regentag, fand Tobias.

Er hatte es tatsächlich geschafft, Kristin aus ihrem Zimmer zu locken. Sie hockte auf einem Eckplatz am Fenster und starrte missmutig hinaus.

»Yeah!«, sagte sie spöttisch. »Das Wetter ist fast noch mieser als meine Laune!«

»Hey, sei nicht so negativ«, meinte Tobias und stupste sie an.

Kristin guckte ihn an. Seine Augen wirkten besorgt.

»Entschuldigung«, murmelte sie. »Du hast recht. Im Moment bin ich echt unausstehlich. Aber ich kann nichts dafür. Es ist nur ...«, sie sprach nicht weiter. Sie musste Tobias nicht erklären, wie sie sich fühlte und warum sie sich so blöd benahm.

»Schon gut«, brummte er. »Komm, lass uns bezahlen.«

Er zog Kristin hoch und zeigte aus dem Fenster. »Ich glaub, es hat aufgehört zu regnen. Du wolltest doch noch zu Zafira.«

Stromer, der unter dem Tisch gelegen und geschlafen hatte, sprang auf und folgte ihnen schwanzwedelnd zum Tresen, wo sie bezahlten.

Draußen atmete Kristin tief ein und wieder aus. Die Luft war frisch und kühl. Stromer trank aus einer Regenpfütze. Während Tobias ihre Räder aufschloss, kraulte Kristin das Fell des Hundes. »Du bist echt ein Lieber«, raunte sie ihm zu. »Gut, dass es dich gibt.«

Mit klugen Augen erwiderte Stromer ihren Blick.

»Was hast du gesagt?«, wollte Tobias wissen.

»Ich hab ihm nur gesagt, wie froh ich bin, dass es ihn gibt.« Sie beugte sich vor und grinste Tobias an. »Das Gleiche gilt übrigens für sein Herrchen.«

Tobias lächelte. Dann stieg er auf sein Rad und zwinkerte Kristin zu. »Alles okay?«

»Alles gut.« Kristin klickte ihr Helmschloss zu und rollte vor ihm auf den Radweg.

Während der Fahrt schwiegen sie. Kristin ertappte sich dabei, dass sie immer wieder bange Blicke auf die Wolken warf, ob sie vielleicht schon anfingen, Türme oder Pforten zu bilden, aber der Himmel sah aus wie immer an einem Regentag: schmutzig, grau und abweisend.

Frischer Wind war aufgekommen und fuhr ihnen in die Gesichter. Sie mussten sich in die Pedalen stemmen, um dagegen anzukommen. Tobias schaltete einen Gang runter und rollte neben Kristin her.

»Morgen ist Sonntag«, sagte er. »Vollmond.«

Kristin nickte grimmig. Als ob sie das nicht selbst wüsste!

»Hast du dir schon Gedanken gemacht, wie alles ablaufen soll?«, sprach Tobias weiter. Seine Haare flatterten im Wind. Wieder nickte Kristin.

»Ich hab meiner Mutter gesagt, dass ich bei Katinka übernachte. Ich gehe am späten Nachmittag aus dem Haus und fahre dann direkt zum Stall. Nicole hat erzählt, dass sie auf einer Geburtstagsparty ist. Sie wird erst nach Mitternacht zurückkommen. Ein genialer Zufall, nicht?«

Sie hielten an und stiegen von den Rädern, um sie das letzte Stück zu schieben. Es wurde zu anstrengend, gegen den immer heftigeren Wind anzustrampeln. Er kam jetzt direkt von vorn, peitschte die Büsche und Bäume am Straßenrand und trieb Blätter vor sich her.

Tobias rief Stromer zu sich und nahm ihn an die Leine.

»Was für ein Orkan!« Er musste fast schreien. Das Rauschen des Sturms machte ein normales Gespräch unmöglich. Stromer legte die Ohren an und hielt die Nase in den Wind.

Kristin schrie zurück: »Hat der Wetterbericht was davon gesagt, dass es so heftig werden würde?«

»Nein.« Tobias schüttelte den Kopf. »Komm, beeilen wir uns!« Sie brauchten jetzt beide Hände und all ihre Kraft, um die Lenker festzuhalten. Verbissen und mit tief gesenkten Köpfen kämpften sie sich vorwärts.

Obwohl erst früher Nachmittag war, war es inzwischen fast dunkel. Der Himmel hatte ein unheimliches Stahlgrau angenommen. Schwarze Wolkenfetzen fegten über das Firmament. Es sah bedrohlich aus, fand Kristin. Sie wandte den Blick schnell wieder ab.

Als sie nach einer halben Ewigkeit den Reiterhof erreichten, atmeten sie auf. Doch dann sahen sie, dass der Wind das Tor aus den Angeln gerissen hatte. Es lag mitten auf der Einfahrt. Einer der Hofbäume hatte sich zur Seite geneigt und drohte, jeden Augenblick umzustürzen.

Kristin warf ihr Rad in den Kies. Nicoles Auto stand auf dem Parkplatz, aber im Haus war alles dunkel. Nur über der Stalltür brannte ein kleines Notlicht.

»Los!«, rief Kristin Tobias zu. »Wir müssen Nicole suchen! Wahrscheinlich holt sie die Pferde von der Koppel und braucht unsere Hilfe!«

Tobias lehnte sein Rad im Windschatten gegen eine Mauer, nahm Stromer die Leine ab und sagte laut: »Such, Stromer! Such Nicole!«

Stromer zögerte. Mit schief gelegtem Kopf sah er Tobias an und schien nachzudenken. Dann bellte er plötzlich und warf sich herum, um einer unsichtbaren Fährte zu folgen. Kristin und Tobias hatten Mühe, ihm zu folgen, und verloren ihn schon bald aus den Augen. Nur sein aufgeregtes Bellen konnten sie hören.

»Schnell! Er ist bei den Pferden!«, rief Kristin.

Ihre Wangen waren gerötet, die Augen funkelten und die langen Haare waren wild zerzaust. Tobias warf ihr einen Blick zu. Dann nahm er ihre Hand und rannte mit ihr zum Stall.

Als sie um die Ecke bogen, sahen sie in einiger Entfernung den schwachen Strahl einer Taschenlampe aufglimmen.

Stromer bellte immer noch irgendwo, doch plötzlich mischten sich zwei andere Geräusche in sein Gebell und das Tosen des Windes: eine laute Frauenstimme, die etwas rief, und das schrille Wiehern eines Pferdes in Gefahr.

Kristin stolperte. Sie fing sich wieder und blieb stehen. Ihre Augen weiteten sich.

»Das Wiehern gerade, das war Zafira. Sie braucht Hilfe!«

Sie warf Tobias einen verzweifelten Blick zu.

Der zögerte keine Sekunde.

»Worauf warten wir dann noch? Schnell!«

Sie achteten nicht auf den Weg und strauchelten vorwärts. Als Kristin fast stürzte, hielt Tobias ihre Hand noch fester.

»Hey!«, rief er immer wieder. »Hey, Nicole!«

»Hier!«, hörten sie eine gedämpfte Stimmte. »Ich bin hier hinten!«

Der Taschenlampenstrahl leuchtete auf und beschrieb einen Kreis in der Dunkelheit. Kristin und Tobias hasteten darauf zu.

»Euch schickt der Himmel!«, rief Nicole. Sie stand auf der Koppel in der Nähe der Senke. Mit einer Hand hielt sie die Taschenlampe fest, mit der anderen ihre Kapuze und einen Führstrick. Neben ihr tänzelte Tintoretto nervös hin und her. Er rollte mit den Augen und brummelte.

Kristin ging zu ihm und legte ihm beruhigend eine Hand auf die Schulter. »Ganz ruhig, mein Lieber«, raunte sie ihm zu. »Wo ist Zafira?«

Nicole deutete mit der Taschenlampe nach hinten.

»Da liegt ein umgestürzter Baum. Zafira ist dahinter gefangen. Alle anderen Pferde sind zum Glück schon im Stall. Ich wollte nur noch Tinto und die Kleine holen, da hat es gekracht und der Baum ist umgestürzt. Tinto hat sich noch brav einfangen lassen. Zafira aber nicht.« Sie ließ die Kapuze los, die wie ein Segel im Wind knatterte. »Wir können sie bei diesem Unwetter unmöglich draußen lassen!«

Erst jetzt sah Kristin, dass eine der alten Pappeln vom Sturm entwurzelt worden war und wie ein schlafender Riese auf der Seite lag, genau vor der Senke.

Sie warf Tobias einen panischen Blick zu, als ein Wiehern zu hören war. Es klang empört und schrill und übertönte sogar das ohrenbetäubende Rauschen des Orkans. Kristin vergaß die Panik und lächelte. So konnte nur ein wütendes Einhorn wiehern. So wie es klang, war Zafira nicht verletzt, sondern einfach nur sauer.

»Bring Tintoretto ruhig schon in den Stall!«, rief sie Nicole zu. »Wir kümmern uns um die Stute und kommen dann nach!«

Nicole nickte. Sie reichte Tobias die Taschenlampe und machte sich mit dem Rappen auf den Weg zum Stall. Tintoretto wirkte sehr erleichtert, dass er endlich aus dem Unwetter gebracht wurde. Er tänzelte vorwärts und warf keinen Blick zurück.

Zafira wieherte noch einmal. Stromers Kläffen schien aus der gleichen Richtung zu kommen.

»Ganz ruhig, Zafira!«, rief Kristin. »Wir holen dich da raus!«

Das wird aber auch höchste Zeit!, erklang die Stimme des Einhorns. *Ich würde ja gerne springen, aber dieser Hund lässt mich nicht! Am liebsten würde ich ihn –*

Der Rest ging in ärgerlichem Knurren und Wiehern unter.

Tobias und Kristin wechselten einen verblüfften Blick.

»Stromer? Aus!«, rief Tobias. »Aus und Platz!«

Das Gebell brach ab. Auch das Wiehern verstummte.

Als ein Blitz am Himmel zuckte, wurde der umgestürzte Baum für einen Augenblick wie von einem grellen Scheinwerfer angestrahlt. Kristin sah Zafira. Stromer stand geduckt vor ihr und versperrte ihr den Weg.

»Komm her, Stromer!«, rief Kristin.

»Hierher!«, rief Tobias energisch.

Stromer drehte unsicher den Kopf hin und her. Dann folgte er dem Kommando und krabbelte durch Laub und Geäst des Baumes auf Tobias zu, der ihn erleichtert umarmte und lobte.

»Und jetzt du!«, rief Kristin Zafira zu.

Tretet ein Stück zur Seite!, rief die zurück.

Als kurz darauf der nächste Blitz über den Himmel zickzackte, dicht gefolgt von bedrohlichem Donnergrollen, glaubte Kristin ihren Augen nicht zu trauen: Mit einem riesigen Satz sprang Zafira über den umgestürzten Baumstamm. Ihr Fell, die Mähne und der Schweif strahlten in einem so blendenden Weiß, dass Kristin die

Augen leicht zukneifen musste. Ein blauer Lichtschein umhüllte das Einhorn, als es – graziös die Beine anwinkelnd und triumphierend wiehernd – wie in Zeitlupe über ihre Köpfe hinwegflog und weit hinter ihnen elegant landete.

Stromer winselte kleinlaut und drängte sich eng an Tobias, der dem Schauspiel mit weit geöffnetem Mund zugesehen hatte.

»Wow!«, sagte er nach einer ganzen Weile.

»Meine Güte …«, murmelte Kristin. »Das war unglaublich!«

Zafira schüttelte ihre Mähne und schnaubte, bevor sie zu Kristin trabte und sie mit der Nase anstupste.

Gut, dass du da bist, Menschenmädchen, sagte sie. *Bald ist es so weit. Die Zeichen …*

»Ich weiß.« Kristin strich ihr über den Rücken. »Dieses Unwetter gehört bestimmt dazu, oder?«

Ja, es ist ein Vorbote der Magie, bestätigte Zafira.

»Du wirst bestimmt nicht begeistert sein«, meinte Kristin vorsichtig, »aber was hältst du davon, heute Nacht im Stall zu schlafen?«

Zafira wollte protestieren, doch Kristin sprach einfach weiter.

»Es ist nur für diese eine Nacht. Bitte, sei vernünftig. Du siehst doch selbst, was der Sturm schon angerichtet hat.

Was, wenn der Baum auf dich gefallen wäre!«

In der Jahrtausende alten Geschichte der Einhörner ist es noch nie vorgekommen, dass ein gewöhnlicher Baum auf ein Einhorn gefallen wäre, erwiderte Zafira hochnäsig.

»Dann musst du ja auch nicht unbedingt das erste sein, dem es passiert, oder?« Kristin verschränkte die Arme vor der Brust und machte ein strenges Gesicht. »Komm schon, gib dir einen Ruck. Es ist echt zu gefährlich.«

Na gut. Es ist ja nur für diese eine Nacht.

Kristin schlug ihr vor, dass sie ja bei Tintoretto übernachten könnte. »Dann habt ihr ein bisschen Gesellschaft.«

Zafira stimmte zu.

Wenig später stand sie mit mürrischem Gesicht in der geräumigen Box ihres Weidegefährten. Nicole staunte, als sie es sah.

»Wie machst du das, dass sie bei dir so lammfromm ist?«

»Keine Ahnung«, meinte Kristin achselzuckend.

Tobias stand neben ihr, Stromer zu seinen Füßen, und sagte: »Es gibt einfach Dinge, die man nicht logisch erklären kann. Manchmal sollte man es auch gar nicht erst versuchen. Bringt eh nichts.«

Er zwinkerte Nicole zu. Die nickte.

»Ja, du hast recht. Es ist eine ziemlich blöde Angewohnheit, immer alles hinterfragen zu wollen und eine Erklärung zu verlangen. Warum eigentlich?« Sie betrachtete Zafira.

Das Einhorn hob den Kopf und schien zufrieden zu lächeln.

Am nächsten Morgen wachte Kristin auf und lauschte. Alles war ruhig. Kein Sturm und kein Regen mehr. Das Unwetter war weitergezogen.

Verschlafen krabbelte sie aus dem Bett und warf einen Blick aus dem Fenster. Die Sonne schien. Der Himmel war blitzblau. In den Pfützen, die der Regen zurückgelassen hatte, badeten Spatzen.

Heute ist es also so weit, dachte Kristin. Heute Abend wird der

Vollmond aufgehen. Dann heißt es Abschied nehmen. Sie lächelte wehmütig. Ihr Herz fühlte sich schwer an.

Sie hatte Katinka gestern Abend noch angerufen und ihr beigebracht, dass ihre Mutter glaubte, sie würde heute bei ihr übernachten. Das Lügen fiel ihr nicht leicht. Es war ihrer Mutter gegenüber nicht fair, aber es ging einfach nicht anders. Sie konnte ihr nicht erzählen, dass sie die Nacht in Lindenburg verbringen wollte, um einem vergessenen Einhorn bei der Familienzusammenführung zu helfen. Noch dazu in Begleitung eines Jungen. Ihre Mutter würde vermutlich sofort Stubenarrest verhängen. Das durfte sie nicht riskieren.

Natürlich hatte Katinka gefragt, was Kristin wirklich vorhatte. Sie hatte nur vage angedeutet, dass sie sich mit Tobias verabredet hätte, was ja streng genommen sogar stimmte. Katinka hatte leise gekichert und ihr viel Spaß gewünscht.

Kristin trat vom Fenster zurück. Abgesehen von einigen harmlosen, vollkommen unauffälligen Schäfchenwolken war der Himmel nach dem gestrigen Unwetter jetzt klar. Keine Spur von Türmen, Pforten oder fliegenden Einhörnern.

Am späten Nachmittag würde sie sich mit Tobias treffen. Was sollte sie bis dahin anfangen?

Sie zog sich an, frühstückte in Ruhe und packte ein paar Dinge in einen kleinen Rucksack. Das Einhornbuch, das Tobias ihr überlassen hatte, zwei Flaschen Limo, eine Tüte Chips und Kaugummis. Dann setzte sie sich in ihr Zimmer und wartete darauf, dass es losging.

Ihre Mutter hatte Besuch von einer Bekannten. Die beiden Frauen schauten nur kurz auf und lächelten, als Kristin sich verabschiedete.

»Hast du an deine Schulsachen gedacht? Morgen ist Montag.«

Kristin zeigte auf den Rucksack.

»Alles da drin«, erwiderte sie. »Tschüss, bis morgen!«

Sie lief aus der Wohnung und stürmte die Treppe hinunter, um ihr Rad aus dem Keller zu holen. Ihr Herz klopfte wie verrückt. Die Schulsachen lagen in Wirklichkeit längst in ihrem Schließfach in der Schule. Ob sie morgen früh allerdings pünktlich zum Unterricht erscheinen würde, wusste sie noch nicht.

Morgen wird alles anders sein, dachte sie. Morgen ist Zafira nicht mehr da.

Obwohl sie viel zu früh am vereinbarten Treffpunkt ankam, waren Tobias und Stromer schon da. Tobias nahm sie kurz in den Arm.

»Ich hab's irgendwie nicht mehr zu Hause ausgehalten«, gab er verlegen zu.

»Ich auch nicht.« Kristin grinste schief.

Stromer saß zwischen ihnen und hörte aufmerksam zu.

»Wir sollten uns vielleicht ein gemütliches Plätzchen suchen, von dem aus wir einen guten Blick über Lindenburg und den Einhornwald haben«, schlug Tobias vor. »Sobald wir was Auffälliges bemerken, holen wir Zafira.«

»Warum gehen wir nicht gleich zu ihr? Ich wäre so gerne in ihrer Nähe.«

»Ich weiß. Aber es ist besser, wenn Nicole uns heute nicht in der

Nähe des Stalls erwischt. Vergiss nicht, dass Zafira morgen früh verschwunden sein wird. Das wird eine Menge Fragen aufwerfen. Wir sollten nicht riskieren, mit ihrem rätselhaften Abtauchen irgendwie in Verbindung gebracht zu werden.«

Kristin musste ihm zustimmen.

»Ich bin gerade am Hof vorbeigefahren«, sagte Tobias.

»Zafira steht wieder draußen. Wenn es so weit ist, können wir uns ungesehen vom Wald her anschleichen und sie von der Koppel führen.«

Kristin atmete geräuschvoll aus.

»Das klingt gut«, meinte sie. »Ich hatte schon Sorge, wir müssten sie aus dem Stall kidnappen.«

Sie versteckten die Räder und den Rucksack hinter einem Brombeerstrauch und liefen einen alten Wirtschaftsweg entlang. Stromer schien den Ernst der Lage zu spüren. Anstatt wie sonst fröhlich herumzustreunen, trabte er ganz brav neben Tobias und Kristin her und schien jedes Wort, das sie wechselten, zu verstehen.

»Wuff!«, machte er plötzlich und setzte sich mitten auf den Weg. Wie gebannt starrte er auf einen unsichtbaren Punkt am Horizont und fing an zu winseln.

»Was hat er denn?«, fragte Kristin.

Tobias hockte sich hin und zuckte mit den Schultern.

»Keine Ahnung. Vielleicht hat er sich einen Stein in die Pfote getreten.« Er hob nacheinander alle vier Pfoten seines Hundes hoch und untersuchte sie. »Nö, nichts«, sagte er schließlich und richtete sich wieder auf. »Hopp, Stromer! Lauf weiter!«

Der Blick des Rüden blieb weiter in die Ferne gerichtet. Seine Augen wirkten starr, fast wie hypnotisiert. Als Kristin seinem Blick folgte, hielt sie erschrocken den Atem an.

»Da! Über dem Wald!«, stieß sie hervor und deutete mit dem Kinn Richtung Lindenburg. »Die Türme!«

Tobias drehte sich langsam um.

Zwei hohe, dunkle Wolkengebilde türmten sich über dem Wald auf. Höher und höher wuchsen sie hinauf und bildeten ganz oben eine Art Tor.

»Das ist die Pforte«, flüsterte Kristin überwältigt. »Die Pforte, durch die Zafira springen muss.«

Tobias nickte. »Das Tor zur Anderen Welt.«

Zafira hatte die Wolkentürme längst gesehen. Mit wilden Galoppsprüngen jagte sie kreuz und quer über die Koppel, blieb abrupt stehen und warf den Kopf in den Nacken, um zu wiehern.

Die Antwort kam sofort. Aus der unendlichen Weite des Himmels erklang das stolze Wiehern eines anderen Einhorns.

Zafira jubelte. Es war so weit! Endlich!

Sie stürmte zu Tintoretto, der sich in eine geschützte Ecke der Weide verzogen hatte und sie unglücklich anschaute.

Mach's gut, mein schwarzer Freund! Wir sehen uns wieder!, rief Zafira ihm zu.

Sie warf sich auf der Hinterhand herum, maß den Anlauf bis zum

Zaun und flog mit einem gewaltigen Sprung darüber hinweg. Tintorettos gebrummelten Abschiedsgruß hörte sie schon nicht mehr. Sie preschte geradewegs auf den Wald zu und durchbrach entschlossen das Dickicht.

»Aber es ist doch noch viel zu früh!«, jammerte Kristin zur gleichen Zeit. »Es dauert noch Stunden, bis der Vollmond aufgeht!«

»Ich hab extra nachgeschaut. Mondaufgang ist erst um *22:57 Uhr*«, bestätigte Tobias.

Er sah Kristin fragend an. Sie zögerte.

Schließlich war es Stromer, der das entscheidende Signal gab. Er sprang bellend auf und lief in Richtung Wald davon.

Tobias und Kristin starrten sich verblüfft an. Dann nahmen sie die Verfolgung auf.

Kurz vor dem Waldrand hatten sie ihn eingeholt. Stromer wartete dort auf sie. Die Zunge hing ihm seitlich aus dem Maul. Er hechelte. Bevor sie ganz bei ihm waren, verschwand er im Wald. Kristin und Tobias rannten, ohne zu zögern, hinter ihm her.

Zwischen den dicht stehenden Bäumen war es dunkel. Der Boden war schwer und uneben. Ein tief hängender Zweig streifte Kristins Wange und hinterließ einen feinen Kratzer. Sie achtete nicht darauf. Mit wild pochendem Herzen stolperte sie neben Tobias her, während in ihrem Kopf unablässig zwei Gedanken kreisten:

Wo ist Zafira?

Und: Wir dürfen nicht zu spät kommen!

»Stromer läuft zum See!«, rief Tobias.

Obwohl die Luft stickig warm war, spürte Kristin ein Frösteln auf der Haut. Der Wald wirkte verändert. Die Bäume schienen enger zusammengerückt zu sein.

Der runde See schimmerte zwischen den Blättern hindurch. An den Sträuchern, die sein Ufer umfassten, wuchsen ungewöhnliche Blüten von einem so zarten Farbton, dass sie an Erdbeerblüten erinnerten. Der Geruch, den sie verströmten, war süßlich und schwer.

Als sie das Seeufer erreicht hatten, blieben sie schwer atmend stehen. Auch Stromer verharrte.

Auf der Lichtung stand ein blendend weißes Pferd. Es war Zafira. Ihre Flanken bebten. Die lange Mähne und der seidige Schweif schimmerten in einem einzelnen Sonnenstrahl. Einige Blüten hatten sich darin verfangen.

Zafira senkte den Kopf und betrachtete den See, dessen Oberfläche kristallklar und spiegelglatt war.

Als wäre der Einhornsee zu Eis gefroren, dachte Kristin. Sie spürte den Wunsch, zu Zafira zu laufen und sie zu umarmen, doch Tobias hielt sie zurück.

»Nein, warte«, sagte er leise.

Zafiras Nase berührte die Wasseroberfläche. Ein sanfter Windhauch fuhr durch ihre Mähne. Kristin hielt die Luft an. Auf Zafiras Stirn, genau dort, wo vorher die kahle Stelle gewesen war, wurde ein Horn sichtbar. Es war silbern und leicht gewunden. Seine Spitze versprühte goldene Funken.

Zafira hob den Kopf und wieherte. Es war ein triumphierendes Wiehern. Es klang mutig und stark. Kristin wusste in diesem Moment, dass das junge Einhorn glücklich war.

»Jetzt bist du frei, Zafira«, flüsterte sie.

Langsam drehte Zafira den Kopf in ihre Richtung. Ihr Horn schimmerte.

Komm her, Menschenmädchen, sagte sie freundlich.

Kristin sah Tobias Hilfe suchend an. Er nickte und schob sie sanft vorwärts.

Mit unsicheren Schritten ging Kristin auf Zafira zu. Sie streckte eine Hand aus, wagte aber nicht, das Einhorn zu berühren.

»Du siehst wunderschön aus«, sagte sie lächelnd. »Und sehr glücklich.«

Ich bin auch glücklich, erwiderte Zafira. *Mein Vater, meine Brüder und Schwestern sind gekommen, um mich zu holen.*

»Aber bis der Vollmond aufgeht, dauert es noch ein paar Stunden.« Tobias hatte sich neben Kristin gestellt und räusperte sich. »Es ist noch zu früh.«

Zafira schüttelte den Kopf.

Nicht in meiner Welt. In meiner Welt steht der Mond bereits am Himmel. Seht selbst!

Sie trat zur Seite und gab den Blick frei.

Kristin riss die Augen auf. Tobias schnappte nach Luft. Sie konnten kaum fassen, was sie sahen: Auf der Oberfläche des Sees spiegelte sich tatsächlich ein prächtiger Vollmond!

»Wow!«, raunte Tobias. Er griff nach Kristins Hand.

In diesem Augenblick fuhr ein Windstoß durch die Bäume. Blütenblätter stoben auf. Sie wurden durch die Luft gewirbelt und sanken lautlos wie Schnee zu Boden.

Kristin schaute zum Himmel. Die Wolkentürme senkten sich herab, bis sie den See berührten.

Porta augura, Iuna lamura!, ertönte Oberons donnernde Stimme. *Willst du das Tor der Welt durchschreiten, so muss der Vollmond dich begleiten!*

Vater!, rief Zafira. Ihr Horn versprühte glitzernde Freudenfunken. Zwischen den Wolkentürmen, die jetzt in der Mitte des Sees eine schmale Pforte bildeten, erschien die Silhouette des alten Einhorns.

Ja, meine Tochter. Ich bin gekommen, um dich zu holen!

Zafira stupste Kristin an.

Bist du bereit, mir die Freiheit zu schenken?, fragte sie.

Kristin schluckte und nickte dann. »Was soll ich tun?«

Führe mich zu dem Tor und lass mich hindurchspringen, antwortete Zafira. *Erst dann bin ich wirklich frei!*

Kristin löste ihre Finger aus Tobias' Hand und strich dem Einhorn sanft über den Hals. »Ich werde dich niemals vergessen, kleine Zafira.«

Ich werde dich auch nicht vergessen, Menschenmädchen. Denk immer daran: Unsere Leben sind von nun an für alle Ewigkeit untrennbar miteinander verbunden. Ich werde ein Teil von dir sein, so wie du ein Teil von mir sein wirst.

Zafira hob den Kopf und schaute Kristin tief in die Augen.

Das nennt man Liebe, Menschenmädchen.

»Ja, Zafira. Das nennt man Liebe.« Kristin bemühte sich sehr, nicht zu weinen. Tapfer versuchte sie, ihre Gefühle zurückzuhalten. Trotzdem löste sich eine Träne aus ihrem Augenwinkel und tropfte vor Zafiras Hufe. »Werden wir uns wirklich wiedersehen?«

Zafira nickte.

Ja, das werden wir.

»Gut, dann bin ich bereit. Ich schenke dir die Freiheit.«

Seite an Seite schritten Kristin und das Einhorn über den See. Sie gingen so dicht nebeneinander, dass sich ihre Schultern berührten und eine die Wärme der anderen spürte.

Kristin wunderte sich nicht darüber, dass der See sie beide trug. Sie legte eine Hand auf Zafiras Widerrist und fühlte sich glücklich.

Als sie vor der Pforte standen, zog Kristin die Hand zurück. »Ich schenke dir die Freiheit, Zafira«, sagte sie mit feierlicher Stimme.

Zafira verneigte sich, bis die Spitze ihres Horns den See berührte.

Ich danke dir, Menschenkind!

Sie drehte sich um, sprang durch die Pforte und war verschwunden. Ein Blütenschauer fiel herab. Unzählige hauchzarte Blütenblätter tanzten durch die Luft, sanken auf die Oberfläche des Sees und blieben dort wie ein weicher Teppich liegen. Leiser Gesang kam von irgendwoher, begleitet von Harfenmusik.

»Das ist das Lied des Einhorns.« Tobias stand am Ufer und streckte eine Hand aus. Stromer saß neben ihm und wedelte mit dem Schwanz.

Kristin drehte sich um und ging auf ihn zu. Als er sie fragte, ob sie traurig sei, schüttelte sie den Kopf.

»Nein«, sagte sie. Sie wandte das Gesicht zur Seite und sah, wie der Vollmond sich langsam auflöste und schließlich verschwamm. Der See nahm wieder seine normale Gestalt an. »Wenn Zafira glücklich ist, bin ich es auch.«

Tobias strich ihr über die Fingerknöchel. Dann betrachteten sie gemeinsam den See. Vereinzelte Blütenblätter schwammen darin. Blüten wie aus einer anderen Welt.

Irgendwo wieherte ein Pferd. Oder war es ein Einhorn? Am Himmel glühte eine Sternschnuppe auf. Sie sank herab und verlöschte mit leisem Zischen im See.

»Eine Sternschnuppe, wow ... Du darfst dir was wünschen«, sagte Tobias.

Kristin schloss die Augen und dachte daran, was sie sich am allermeisten wünschte. Dabei hielt sie Tobias' Hand fest und hörte, wie das Lied des Einhorns verklang.

Sila garam est!, ertönte eine Stimme, während die Pforte sich schloss und die Wolkentürme verschwanden. *So ist es geschehen ...*

Als sie kurz darauf den Wald verließen, dicht gefolgt von Stromer, hob Kristin den Kopf und lächelte. Am Himmel zog eine kleine Wolke vorüber. Sie war weiß wie das Fell eines Einhorns und ebenso schön.

»Lebe wohl, Zafira«, flüsterte Kristin. »Und pass gut auf dich auf, wo immer du bist.«

Das Abenteuer von Kristin und Zafira geht weiter! 2021 erscheint »Einhorngeheimnis« und hier kannst du schon mal reinlesen:

Flirrende Hitze lag über dem schmalen Feldweg hinter dem Wald. Die Luft war staubig und trocken. Kristin fuhr sich mit der Zunge über die Oberlippe und schmeckte Salz. Ihr T-Shirt klebte an ihrem Rücken, auf ihrer Stirn standen Schweißperlen. Sie schimpfte leise vor sich hin und dachte dabei zum ungefähr tausendsten Mal, was für eine bescheuerte Idee es war, bei dieser tropischen Hitze zum Pferdehof Lindenburg zu radeln. Aber die Pferde mussten nun mal versorgt werden, bei fünfunddreißig Grad im Schatten genauso wie bei Minusgraden und Schneetreiben.

Sie fuhr ein bisschen langsamer und nahm eine Hand vom Lenker, um sich Luft zuzufächeln. Warum war Nicole auch ausgerechnet jetzt krank geworden? Mitten im Hochsommer!

»Schlechtes Timing«, schnaufte Kristin – auch zum ungefähr tausendsten Mal an diesem Nachmittag –, während ihr altersschwaches Fahrrad über den staubigen Weg holperte.

(...)

In der Ferne tauchten die Mauern des Reiterhofes auf. Davor, im Schatten hoher Weidebäume, standen ein paar Pferde und dösten. Die einzige sichtbare Bewegung, die sie machten, war das gleichmäßige Schlagen ihrer Schweife, mit denen sie Fliegen und Bremsen verscheuchten und sich gegenseitig Luft zuwedelten.

Als sie ihr Rad gegen die Stallwand lehnte, atmete Kristin auf und verschwand zielstrebig im Stall. Durch die weit geöffneten Fenster und Türen flogen junge Schwalben ein und aus und zwitscherten laut über ihrem Kopf.

Drinnen war es angenehm kühl und dunkel. Kristin stillte ihren Durst an dem kleinen Waschbecken in der Stallgasse, bevor sie sich mit beiden Händen kaltes Wasser ins Gesicht schaufelte. Ihr Blick fiel in den staubigen Spiegel, der über dem Waschbecken hing, und sie stellte fest, dass sie auffallende Ähnlichkeit mit einer prächtigen Tomate hatte: Ihr Gesicht war feuerrot und auf ihren Wangen prangten zu allem Überfluss unzählige Sommersprossen.

»Super! Warum bin ich eigentlich nicht mit Tobias und den anderen zum Baden gefahren?«, stöhnte Kristin und gab sich gleich selbst die Antwort: Weil die Pferdetränken kontrolliert und die Pferde gefüttert werden mussten. Nicole brauchte sie, keine Frage.

Kristin ritt seit vielen Jahren auf dem Lindenburg-Hof. Jetzt war sie fünfzehn und finanzierte ihre Reitstunden, indem sie Nicole half. Sie mistete Ställe aus, striegelte Pferde und Ponys, fegte den Hof, begleitete Ausritte und gab Anfängern Unterricht. Außerdem kümmerte sie sich um die Ausbildung von Tintoretto, einem jungen Lusitano-Hengst.

Kristin liebte ihre Arbeit auf dem kleinen Pferdehof. Wenn es so heiß war wie heute allerdings mit Einschränkungen ...

(...)

Nicole lag, zugedeckt mit einer leichten Decke, auf dem Sofa in ihrem kleinen Häuschen. Die Terrassentür stand weit offen. Die Hofbesitzerin schaute auf, als Kristin an den Türrahmen klopfte und eintrat.

»Ach, Krissi ...«, seufzte sie heiser. »Dich schickt der Himmel. Warst du schon bei den Pferden?«

Kristin schüttelte den Kopf. »Ich wollte zuerst sehen, wie's dir geht. Brauchst du etwas?«

»Nein, danke. Ich hab alles.« Nicole richtete sich auf und hustete. Schnell griff sie nach dem Saftglas auf dem niedrigen Tisch und trank einen großen Schluck.

Kristin runzelte die Stirn.

»Mach nicht so ein Gesicht!« Nicole hatte den skeptischen Blick des Mädchens bemerkt und lachte. »Mir geht's schon besser. Das Fieber ist runter. Morgen bin ich wieder auf den Beinen.« Wie zur Bestätigung nieste sie zweimal hintereinander und putzte sich geräuschvoll die Nase.

Kristin blieb abwartend stehen, aber Nicole wedelte energisch mit der Hand. »Geh nur, ich komm schon zurecht.«

»Okay«, sagte Kristin. »Ich hab mein Handy in der Tasche. Ruf mich einfach an, wenn was ist.«

Kristin kannte Nicoles Lieblingsspruch – »Zuerst das Pferd und dann der Reiter« – und wollte ihm zuvorkommen, indem sie sich schnell umwandte. Zu spät. Als hätte sie Kristin's Gedanken gelesen, entgegnete Nicole mit strengem Gesicht: »Zuerst sind die Pferde dran«, unmittelbar gefolgt von einer weiteren heftigen Nies- und Hustenattacke. Kristin winkte ihr zu und drehte sich um. Dann folgte sie dem schmalen Trampelpfad, der sich durch den verwilderten Garten des Bauernhäuschens bis zur angrenzenden Pferdekoppel schlängelte.

(...)

Die Koppel lag zum großen Teil in der prallen Mittagsonne. Nur am äußersten Rand spendeten ein paar alte Hofbäume etwas Schatten. Dort standen auch die Tränken, um die sich die Pferde und Ponys mit hängenden Köpfen versammelt hatten. Zwei Pferde wandten sich träge um, als Kristin näher kam. Ein braunweiß geschecktes Pony brummelte leise und schlug mit dem Schweif. Kristin begrüßte es und fuhr ihm mit einer Hand kurz unter den dicken Stirnschopf.

»Na, ihr Süßen«, sagte sie. Sie beugte sich über den Zaun, zog den Wasserschlauch heran und hängte ihn in eine der Wannen, bevor sie den Wasserhahn voll aufdrehte. Es war höchste Zeit: In den Tränken standen nur noch armselige, trübe Pfützen.

Im Nu füllte sich die erste Wanne mit frischem Wasser. Eine schmale Fuchsstute drängelte sich an Kristin vorbei, senkte ihre Nase in das kühle Nass und trank mit langen Zügen. Kristin ließ das Wasser weiterlaufen. Es würde einige Zeit dauern, bis die Tränke ganz voll war.

In der Zwischenzeit holte sie eine Schubkarre aus der Scheune und fuhr mehrere Lagen Silage zum Futterplatz. Schon bald rann ihr klebriger Schweiß von der Stirn. Es kribbelte und juckte. Eklige Bremsen und Fliegen umschwirrten sie und suchten einen geeigneten Landeplatz auf ihrer verschwitzten Haut.

»Haut ab, Mistviecher! Lasst mich gefälligst in Ruhe!« Fluchend stellte sie die Schubkarre ab, schüttelte sich und wedelte dazu mit den Armen.

»Wow, echt cool!« Jemand kicherte. »Ist das der neueste Sommertanz?«

Kristin fuhr erschrocken herum. Im selben Moment sprang ein großer brauner Hund auf sie zu und warf sie fast um.

»Stromer!« Kristin streichelte den Rüden. Sein Fell war feucht. »Wo kommst du denn her?«

»Frisch aus dem Badesee«, antwortete sein Herrchen, ein braungebrannter Junge mit auffallend grünen Augen und strohblondem Haar. Er trug ein ausgeblichenes blaues T-Shirt, dazu fransige, knapp über den Knien abgeschnittene Jeans, und grinste breit. »Können wir dir helfen?«

Kristin wedelte eine besonders hartnäckige Fliege fort und erwiderte das Grinsen. »Na klar!« Sie ging auf Tobias zu und gab ihm einen salzigen Kuss. »War's schön am See?«

Tobias erwiderte ihren Kuss und schüttelte den Kopf. »Ohne dich war's nur halb so schön.«

»Vielleicht können wir später noch eine Runde im Waldsee schwimmen«, schlug Kristin ihrem Freund vor. »Nach der Plackerei kann ich eine Abkühlung gut gebrauchen.«

(...)

Wenig später stapften Kristin und Tobias Hand in Hand einen fast zugewachsenen Waldweg entlang. Stromer lief ein paar Schritte voraus, die Nase dicht über dem Boden, als verfolge er eine wichtige Spur.

Im Wald war es still. Kristin atmete auf. Die grünen Blätter wirkten wie ein Dach und spendeten angenehm kühlen Schatten nach der prallen Sonne. Wenn nur die blöden Mücken nicht gewesen wären, die sie beharrlich umkreisten. Kristin verscheuchte sie mit hektischem Gewedel und fragte sich insgeheim, warum die kleinen Blutsauger es ausgerechnet auf sie abgesehen hatten. Tobias ließen sie komplett in Ruhe.

»Du weißt schon, dass es eigentlich verboten ist, im Einhornsee zu baden«, erkundigte sich Tobias, als sie aus ihren Sachen schlüpften.

»Klar«, entgegnete Kristin trocken. In weiser Voraussicht hatte sie ihren Bikini untergezogen, bevor sie zum Pferdehof gefahren war. »Aber uns sieht doch keiner.«

»Stimmt«, gab Tobias zu. Er behielt seine abgeschnittenen Jeans an, die ihm gleichzeitig als Badehose dienten, und watete in den kreisrunden See. Stromer stürmte an ihm vorbei und warf sich begeistert in das kristallklare Wasser. Tobias machte einen flachen Hechtsprung und tauchte unter.

Kristin blieb stehen und schaute sich um. Der Einhornsee war ihr Lieblingsplatz. So oft sie konnte, kam sie hierher und setzte sich an das flach abfallende Ufer, um nachzudenken und zu träumen. Manchmal auch, um allein zu sein. Und wie immer, wenn sie am Ufer des geheimnisvollen Sees stand, überkam sie auch jetzt ein merkwürdiges Gefühl. Ein unbestimmtes Gefühl von Traurigkeit, Sehnsucht und Wehmut.

Ihr Blick fiel auf einen kleinen Strauch, dessen malvefarbenen Blüten leise zitterten, obwohl es absolut windstill war. Kristin lächelte, als sie es sah. Der See war eben ein magischer Ort. Hier geschahen Dinge, die man nicht erklären konnte.

»Kommst du?«, unterbrach Tobias ihre Gedanken.

Kristin ließ sich langsam in das Wasser gleiten, das trotz der schon wochenlang anhaltenden Hitzewelle eiskalt war. Ihr blieb ganz kurz die Luft weg, so kalt war es, aber als sie sich daran gewöhnt hatte, genoss sie die Erfrischung. Mit langen Zügen schwamm sie auf Tobias zu. Er musterte sie prüfend.

»Du hast an sie gedacht, stimmt's?«, fragte er leise und schloss sie in die Arme.

Kristin konnte nur nicken. Sie spürte einen dicken Kloß im Hals. Es war klar, wen Tobias mit »sie« meinte. Und es war auch klar, dass Tobias wusste, dass sie ständig an »sie« dachte. An Zafira, die kleine weiße Stute, die eines Tages auf mysteriöse Weise aufgetaucht und ebenso geheimnisvoll wieder aus ihrem Leben verschwunden war. Tobias war der einzige Mensch, der das Geheimnis dahinter kannte.

Genau zehn Monate waren seitdem vergangen. Kristin zählte jeden einzelnen Tag. Und jeden Tag fragte sie sich, ob sie Zafira jemals wiedersehen würde.

Carlsen-Bücher gibt es überall im Buchhandel und auf carlsen.de

Überarbeitete Neuausgabe des Titels »Kristin und das Einhorn« (2007)

Umschlaggestaltung: formlabor
Herstellung: Petra Krück
Lithografie: Ronald Fromme, Hamburg
Druck und Bindung: GGP Media GmbH, Pößneck
Satz: Pinkuinn Satz und Datentechnik, Berlin
ISBN 978-3-551-65561-5
Printed in Germany

MIX
Papier aus verantwortungsvollen Quellen
FSC® C014496

Alle Bücher im Internet: www.carlsen.de